Flatter 퓨전 판타지 장편소설

WISHBOOKS FUSION FANTASY STORY

일천회귀

일천회귀록 1

Flatter 퓨전 판타지 장편소설

초판 1쇄 찍은 날 | 2017년 7월 18일
초판 1쇄 펴낸 날 | 2017년 7월 25일

지은이 | Flatter
펴낸이 | 예경원

기획 | 위시북스
편집책임 | 박우진
편집 | 이즈플러스

펴낸곳 | 예원북스
등록번호 | 제396-2012-000132호
등록일자 | 2012. 7. 25
KFN | 제1-130호

주소 | 경기도 고양시 일산동구 호수로 646-24 위너스21 II 빌딩 206A호 (우)10401
전화 | 031-819-9431 팩스 | 031-817-9432
E-mail | yewonbooks@naver.com

ISBN 979-11-6098-387-6 04810
979-11-6098-386-9 (set)

※ 이 도서의 국립중앙도서관 출판시도서목록(CIP)은 서지정보유통지원시스템 홈페이지(http://seoji.nl.go.kr)와 국가자료공동목록시스템(http://www.nl.go.kr/kolisnet)에서 이용하실 수 있습니다.

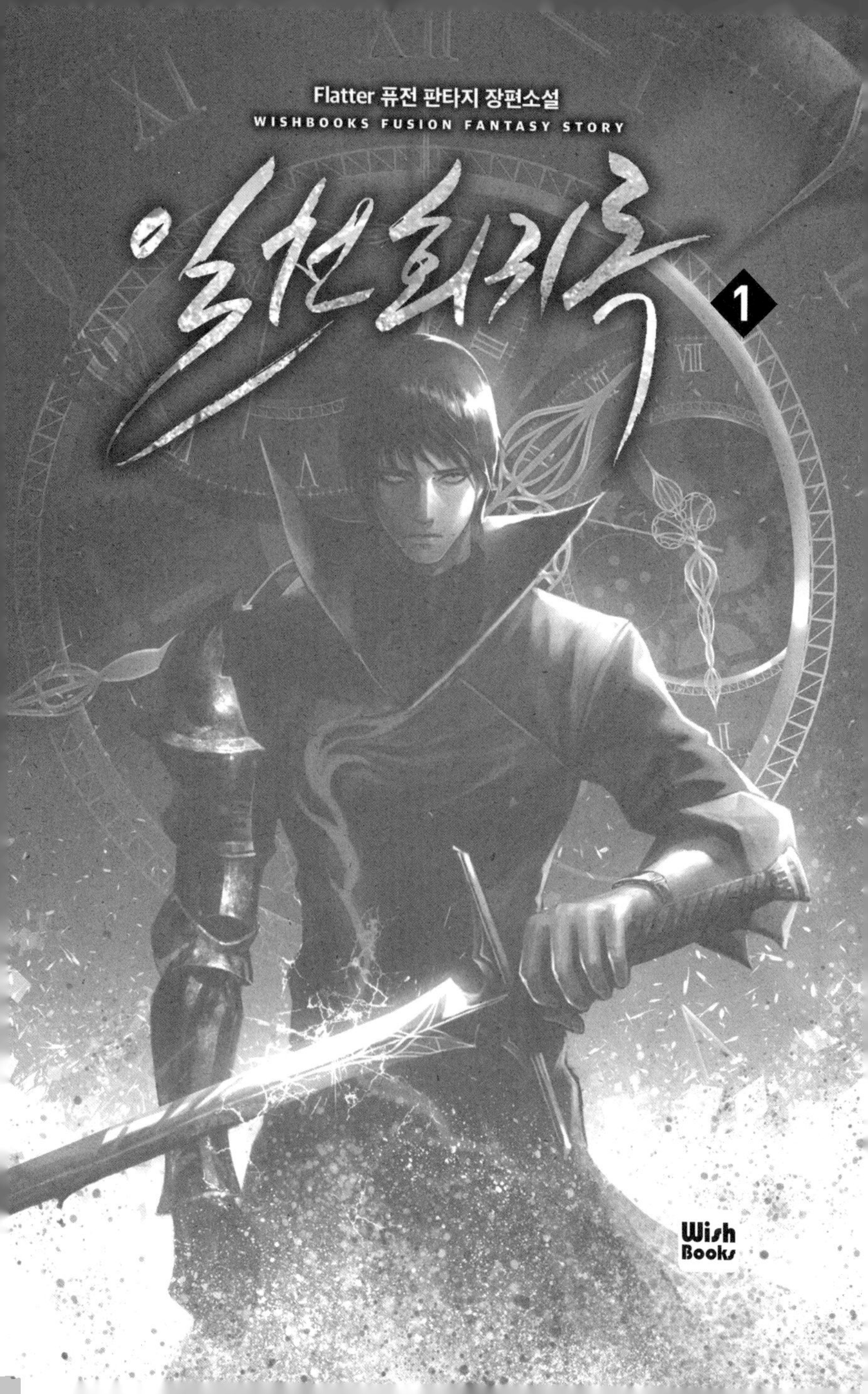
Flatter 퓨전 판타지 장편소설
WISHBOOKS FUSION FANTASY STORY
일천회귀록
1
Wish Books

일천회귀록

CONTENTS

Prologue:
일천 번째 삶

"네놈을 보면 심장이 뛰었지. 언제나. 처음 만난 것처럼."

세상의 마지막 절벽 끄트머리에 선 사내가 무미한 어조로 말했다.

마황의 길고 가느다란 7개의 눈동자가 그를 감싸 내렸다.

톱니 조각 같은 입술이 깎아내리듯 굴렀다.

『우둔하게 멸한 자여.』

"그래."

『어찌하여 내게서 도피하지 않는가.』

"피하지 못할 것을 알기에 피하지 않는다."

『강해져 돌아와라. 이다음에는 나를 멸할 수 있도록.』

"그래."

사내는 강고하게 선언했다.

"다음 삶에서야말로 나는 너를 죽인다."

『기대하지.』

세상과 함께, 사내의 심장이 찢겼다.

대장장이의 공방.
너무나 낡고 초라해 그 누구도 쓰지 않는 장소.
한 남자가 참나무통 위에 비스듬히 앉아 있었다.

두근……두근…….

과거로 돌아왔음을 깨닫게 해주는 것은 언제나 심장의 고동 소리였다.

강윤수는 천천히 눈꺼풀을 들어 올렸다. 오른손에는 윤기 어린 칼자루가 쥐어져 있었다. 손목에 찬 단말기를 바라보았다. 오늘 날짜와 장비품의 설명문이 표기되어 있었다.

TODAY:468-P-3(REORKAN)

「광휘의 장도」

등급-일반

절삭력: 8

휘두를 때 낮은 확률로 섬광이 터져 나온다.

레오르칸 제국력 468년 불새의 달 3일.

지구의 사람들이 갑작스레 낯선 세계로 이전된 날. 20년 전으로 돌아온 것이다.

또다시.

강윤수는 장도의 흐드러진 칼날을 바라보았다. 장도를 가볍게 휘둘렀다. 허공을 가르는 소리가 울렸다.

부웅-

불현듯 첫 번째 삶이 떠올랐다.

그는 대장장이였다.

언제나 가까스로 살아남아 처량하게 살아갔다. 가난한 생산직 클래스는 천대받고 무시당하기 일쑤였다.

그는 번번이 클래스 선택을 후회했다. 판데모니엄과의 전쟁이 발발하자, 그는 수리 병사로 뛰어다녔다. 그러다가 마황과 조우했다.

세상을 파멸시키려 드는 절대적 존재.

그는 마황에게 걸려 죽임을 당했다.

두 번째 삶도 떠올랐다.

눈을 떠보니 낡은 공방이었다. 그는 자신이 회귀했음을 깨달았다. 그 후 전생의 고달팠던 인생이 멋지게 뒤바뀌었다.

좋은 장비를 꾸리고 동료를 포섭해 그는 강인한 용병단을 창설했다. 용병 클래스는 위험천만한 전투가 주를 이뤘지만, 대장장이 삶보다야 훨씬 나았다.

20년 후 판데모니엄과의 전쟁이 일어났고 그의 용병단은 최전방에서 맹렬히 싸웠다.

그리고 마황에게 걸려 죽임을 당했다.

곧이어 세 번째 삶이 기억났다.

회귀하고서 강윤수는 실수를 되새겼다. 나중에 자신을 방해할 요인은 초반에 미리 제거했고, 전생의 지식을 이용해 스킬과 레벨을 폭풍처럼 올렸다.

클래스 선택도 신중을 기해, 마침내 강화사로 전직했다. 칼과 갑주를 최상급으로 강화하고 나자 자신과 대적할 자는 아무도 없었다.

단 한 명. 마황만 빼고.

네 번째 삶. 검만 바라보며 살았다.

세 번이나 마황에게 죽자 그는 독기가 차올랐다.

그는 오로지 칼 한 자루만 가지고 고독한 수행에 들어갔다. 강윤수는 위험한 사냥터와 유적을 단신으로 맴돌았다.

고된 수련이 끝나자 검술은 최상의 경지에 이르렀으며, 그에게 죽은 초대형 몬스터만 서른이 넘어갔다.

마침내 그는 만 명에 한 명 나올까 한다는 불세출의 검사 클래스로 전직을 마쳤다.

황제는 자신을 제1기사단장으로 임명했다. 그는 기사단장으로서 판데모니엄과의 전쟁을 능수능란하게 지휘했다.

그러나 마황만은 모든 전략과 군세가 소용없었다. 그는 마황에게 걸려 죽임을 당했다.

다섯 번째 삶은 혹독했다.

이젠 회귀도 익숙해졌다. 그는 생각을 바꾸었다.

애초에 세상이 멸망하든, 말든 신경을 끄기로 했다.

최대한 조용히 살았다. 다른 자들에게 눈에 띄지 않으려 했고, 부족하지 않을 정도로만 수입을 얻었다.

선택한 클래스는 러너.

흔하고 평범한 계열이었다. 판데모니엄과의 전쟁이 일어났을 당시, 그는 의무 참전하지 않고 탈영해 외딴 섬으로 도주했다.

하지만 마황은 자신을 찾아왔다. 또 마황에게 걸려 죽임을 당했다.

여섯 번째 삶부터 두려움을 느꼈다.

회귀하자마자 곧바로 마나 수련에 돌입했다. 그는 마법 주문을 암기하고 마나의 흐름을 느꼈다.

이를 악물고 노력한 끝에 소서러 클래스로 전직했다. 그는 은신 및 잠입 계열 마법에 남은 시간을 모두 투자했다.

판데모니엄과의 전쟁이 일어났을 때, 그는 온 힘을 다해 세상의 끄트머리에 숨기 위해 알고 있는 모든 마법을 동원했다.

하지만 마황은 기어코 자신을 찾아냈다. 그렇게 마황에게 걸려 죽임을 당했다.

일곱 번째 삶. 전투만이 전부가 아니다.

악착같이 화술을 수련했다. 남들보다 더 능숙히 말하고, 논

리적인 말재주를 익히기 위해 노력했다.

유능한 달변가 밑에서 10년 넘게 훈련을 거듭한 끝에 그는 협상가 클래스로 전직을 마쳤다. 그는 황제를 설득해 제국이 판데모니엄에 투항하게 만들었다. 희생양이 된 시민이 떼거리로 죽었고, 대륙은 피로 물들었다. 그 대가로 황궁만은 무사했다.

하지만 마황은 그의 굴복을 받아들이지 않았다. 결국, 마황에게 걸려 죽임을 당했다.

그 후는 기억이 희미했다. 여덟아홉 번째 삶에서 겪은 절망감이 워낙 심했던 탓이다.

열 번째 삶.

이때 자신은 반쯤 미쳐 있었다. 회귀하자마자 닥치는 대로 사람들을 죽이고 다녔다.

극한까지 쌓인 울분을 살인으로 해소했다. 전생의 지식, 화술, 검술, 마법, 전략, 강화제련의 비기를 모두 통달한 자신이 학살자가 되는 일은 어렵지 않았다.

어느덧 그는 대륙 최고의 학살자가 되었다. 3,000명째 살인을 마치자, 히든 클래스인 생명포식자로 전직할 기회가 생겼다.

정점까지 단련된 암살과 단검술을 이겨낼 사람은 대륙 어디에도 존재하지 않았다.

전쟁이 시작되고 마황이 나타났다. 그는 엎드린 채 덜덜 떨었다. 세상을 파괴하지 말라고. 인생을 반복하게 하지 말라고 비굴하게 구걸했다. 하지만 마황은 듣지 않았다.

계속 그래 왔듯이 그는 마황에게 걸려 죽임을 당했다.

그 후론 마황을 만날 때마다 물어보았다. 왜 자신을 죽여 과거로 되돌리는 것이냐고.

문답무용이었던 마황이 대답해 준 것은 98번째 삶에서였다.

『회귀를 거듭해라. 나의 적수가 되어 여흥이 되어라.』

마황은 자신에게 맞설 상대를 찾고 있었다. 하지만 너무나 강대한 자신은 마계에서조차 그 상대를 찾을 수 없었다.

그래서 한 사람을 골라 인생을 끝없이 반복하게 만들었다.

그 사람이 바로 강윤수였다.

『삶을 되풀이할수록 누구나 견고해지니까.』

강윤수는 깨달았다. 자신은 마황의 심심풀이이자 장난감에 불과했다.

이 반복을 벗어나는 방법은 마황을 죽이는 것뿐이었고, 그걸 행하는 것은 천지를 부숴 버리는 것보다 어려웠다.

설명을 마친 뒤, 마황은 그를 죽였다.

214번째 삶.

고된 노력 끝에 그랜드마스터 인형사가 됐다. 그는 인형사 최대의 금기를 범했다.

자신의 육신을 최상 최악의 전투 인형으로 개조했다.

차가운 심장에는 마르지 않는 영혼이 흘렀고, 가장 연약한 눈동자조차 위험한 장병기로 가득했다.

죽을 법한 상처를 입더라도 곧바로 자가 수리가 가능했다.

하지만 마황에게 걸려 먼지가 되어버렸다.

273번째 삶.

숨겨진 로그 마스터의 전당에 침입해 갖가지 함정을 통과하고 대도로 전직했다.

자물쇠 따기, 맹독, 암습, 은신 등 도둑의 기본적 소양은 모두 마스터했다.

그는 멸망룡의 둥지에서 무한의 술잔, 각혈의 마검, 파멸의 옥새를 훔쳐냈다. 훔치지 못할 것은 저 하늘의 태양과 달, 별뿐일 거라 생각했다.

그러나 마황의 목숨은 역시 훔쳐내지 못했다.

347번째 삶.

몬스터 측과 친우를 맺었다. 언어가 통하지 않고, 난폭한 성미를 가진 그들이었다.

그러나 이종족 언어, 전술, 전략, 웅변술을 완벽히 마스터한 자신은 그들의 성공적인 지도자가 될 수 있었다.

그는 모든 몬스터들의 군주, 몬스터로드가 되어 대륙을 평정했다.

그러나 마황에게 걸려 평정당했다.

454번째 삶.

최후의 네크로맨서로 시작해 마침내 불사의 리치로 현신했다.

살결은 썩어 문드러지고 새하얀 뼈만이 남았다. 모든 생명을 희롱하고, 죽고 싶어도 죽을 수 없는 불사의 존재 리치.

네버데드 드래곤, 데스 제네럴 같은 최상급 언데드도 간단히 부릴 수 있었다. 그는 불멸의 군단을 일으켜 판데보니엄과 전면전을 벌였다.

어김없이 마황이 나타났고, 그는 기다렸다는 듯이 초월적인 존재의 생명력을 흡수했다.

하지만 리치일지라도 마황의 생명력은 너무나 강대했다. 그 힘을 견디지 못하고 오히려 그의 전신이 폭발하고 말았다.

522번째 삶.

모든 비약과 정수의 제조법을 암기했다.

연금술 클랜 최고 지부장에 오르게 된 그는 대연금술사로 전직을 했다.

갖은 약물을 가리지 않고 섭취해 몸을 한계까지 각성시켰고, 용암 골렘과 사제 폭탄을 합성해 전쟁의 판도를 바꾸었다.

마황이 등장하고서 판도는 또다시 바뀌었다. 그는 석화 포션을 섭취해 누구도 부술 수 없는 조각상으로 변한 직후였으나, 마황의 손아귀에 산산조각이 났다.

592번째 삶.

마황에게 이길 수 없음을 인정했다.

온갖 고대 서적을 뒤지고 유적을 탐사해 볼지라도, 그 어떤 스킬과 클래스를 택한다 할지라도 판데모니엄은 무너뜨릴 수 없었다.

마황을 죽이는 것과는 별개로 현실로 돌아갈 방법을 연구하기로 했다. 학자 클래스로 전직하자 탐독할 수 있는 지식이 배로 늘어났다.

그 와중에 전쟁은 벌어졌고, 마황에게 걸려 죽임을 당했다.

689번째 삶.

1,000년이 넘는 연구 끝에 현실로 돌아갈 방법을 찾아냈다.

그 성과로 학자의 최종 클래스, 세계를 잇는 현자로 전직하는 쾌거도 이뤘다.

차원을 허물고 강윤수는 마침내 그리웠던 서울로 귀환했다. 그리고 광화문 광장에서 마황에게 걸려 죽임을 당했다.

719번째 삶.

황실 제독으로서 거대한 범선을 제작해 이기리스 해협 밖으로 나아갔다.

긴 항해 끝에 동쪽에서 신대륙을 발견했다. 밥을 지어 먹고, 무예를 중시하며 동양적 풍미가 느껴지는 대륙이었다.

신대륙 발견 공적을 인정받아 모험가의 최상위 클래스, 미지의 탐험가로 전직을 이뤘다.

계속 이곳에 있고 싶었지만 판데모니엄과의 전쟁까지 불과 사흘이 남은 상태였다.

친해진 협객이 숨겨 주었지만. 신대륙까지 날아온 마황에게 걸려 죽임을 당했다.

742번째 삶.

마황을 향해 가운뎃손가락을 날려도 도발 효과가 없단 것을 깨달았다.

마황은 어떤 감정도 비추지 않은 채 그와 세상을 가볍게 내찢었다.

872번째 삶.

감정이 메말라 갔다. 그는 말이 없어졌고, 성격은 차갑고 건조해졌다.

웃는 아이를 보아도 기분 좋지 않았고, 살인에 관한 거부감도 없어졌다. 마황에게 걸려 죽임을 당하는 순간에도 별 감흥이 느껴지질 않았다.

915번째 삶.

18,000년이 넘는 세월을 살아 왔다. 히든 클래스 전직과 비기 획득도 지겨웠다. 모든 것에 지쳐 갔다. 마황에게 죽임을 당하는 순간조차도.

990번째 삶.

모든 것을 포기하고 새로운 것에 대한 갈망을 잃어버렸다. 강윤수는 그저 지독한 허무함만을 지닌 채 죽음을 기다렸다.

자신 외의 사람들은 모두 죽고, 세상은 파멸로 이끌어졌다.

마황의 위압적인 힘에 육신이 썰어졌다. 지푸라기를 잡는 심정으로 그는 최후의 공격을 감행했다.

당연히 먹히지 않았을 일격이었고, 그리 기대하지도 않았다.

그러나 강윤수는 분명히 목격했다.

격하게 일그러진 마황의 표정을.

금세 마황은 본래의 태연한 모습으로 돌아왔다. 실제로 별다른 상흔을 입지도 않았다.

그러나 죽기 직전, 강윤수는 차갑게 실소했다.

"찾았다."

콰직-!

휘두른 장도 끄트머리에 덧창이 부딪쳐 박살 났다.

강윤수는 건조한 눈빛을 띄운 채 일어났다.

차갑게 식은 용광로 옆 벽면에다가 그는 칼날을 살며시 그었다.

사각……사각……사각…….

작은 正자가 199개나 그려졌다. 그리고 마지막 正은 4획에서 끝났다.

바로 오늘, 강윤수는 999번 회귀했다.

일천 번째 삶이 시작되었다.

1장
단말마조차 지겹다

오늘 대낮.

사람들이 낯선 세계로 떨어지는 의문 현상이 또다시 벌어졌다.

벌써 372번째였다.

차원의 흐름이란 기묘한 것인지, 이번에 이전된 이들은 모두 한국인이었다. 또한, 다들 소환됐을 당시 독특한 생김새의 단말기가 손목에 채워져 있었다.

단말기의 초기 메시지는 이랬다.

「마황을 죽여야만 현실로 귀환할 수 있다.」

마황이 무엇인지, 어떤 존재인지는 그 누구도 몰랐다.

다만, 이전된 사람들에게는 동일한 목표가 성립됐다.

레벨을 올리고, 강인한 클래스를 선택해 훗날 나타날 마황을 처단하고 현실로 귀환하는 것.

그러나 새로운 세계는 그들을 반기지 않았다.

첫날부터 황소의 머리와 거대한 워해머를 지닌 몬스터 미노타우로스가 나타나 사람들을 학살했다.

많은 사람이 죽었고, 가까스로 살아남은 자들은 뿔뿔이 흩어지고 말았다.

"이곳은 대체 어디일까요?"

"우리가 무슨 이유로 이딴 곳에 끌려왔을까. 제길."

생존자들은 황무지 한구석에 걸터앉아 심각한 표정을 지었다.

모여 있는 그들은 20명에 가까웠지만, 실제로 지금까지 이 세계로 이전된 자들은 수만 명은 되었다.

새카만 밤이었다.

"일단 상황을 정리해 봅시다."

불가 앞에 앉은 중년이 소란스러운 일행을 진정시켰다.

"나는 황용호라고 합니다. 다들 나를 따라와 준 것을 고맙게 생각하고 있습니다. 통성명이라도 하고 싶지만, 우리가 겪은 믿을 수 없는 경험담을 풀어놓는 것이 우선이 아닐까 싶습니다."

황용호는 곰처럼 덩치가 크고 수염이 듬성듬성한 중년이었다. 상대적으로 젊은 사람들 사이에선 그가 가장 연장자였다.

"오늘 오후에 겪었던 일입니다. 사실 나는 이곳으로 이동되자마자 팀원을 꾸려 주변 지역을 정찰해 봤습니다. 울창한 숲과 처음 보는 식물들이 가득하더군요. 거참, 결코 대한민국에는 없으리라 생각되는 장소였습니다."

황용호와 동행했던 사내들이 고개를 끄덕였다.

그는 천천히 말을 이었다.

"우린 계속 산을 올라갔습니다. 먹을 것도 찾아보고, 정상에 올라가 지리를 알아보기 위해 말입니다. 그러던 도중 믿을 수 없는 광경을 보게 됐습니다."

어느새 사람들은 황용호의 말에 집중하기 시작했다.

황용호는 비밀 이야기라도 하듯 낮고 은밀히 말했다.

"아마도 우리와 같은 처지인 사람이었을 겁니다. 한 남자가 먹을 것을 찾으러 왔는지 단신으로 산을 오르더군요. 그리고 우리가 그에게 협력을 요청하려던 순간, 수풀에서 커다랗고 흉악한…… 오크가 튀어나오더군요."

"오크요? 녹색 피부에 송곳니 있는 그 오크 말입니까?"

안경을 쓴 남자가 놀란 표정을 지어 보였다.

다른 사람들도 마찬가지였다.

반면 황용호는 진지한 표정으로 고개를 끄덕였다.

"맞습니다. 그 오크. 5명이었던 우리로서도 도저히 대적할 수 없다는 생각이 들 만큼 크고 매서운 놈이었죠. 커다란 몽둥이를 들고 있었는데 그걸로 그 남자를 패버리더군요. 이마 한쪽이 찢어진 남자는 힘없이 쓰러졌습니다. 오크는 고깃덩이가 되다시피 시체를 다져 씹어 먹어버렸고요."

사람들의 이마와 등골에 차가운 식은땀이 흘러내렸다.

뒷산에도 그런 몬스터가 존재한단 말인가.

이곳은 그야말로 흉악한 무법지대였다.

게다가 오크라니.

어쩌면 이곳은 공상에나 존재하던 중세 판타지의 세상일지도 몰랐다.

"기현상은 그뿐만이 아니었습니다."

또 무엇이 있단 말인가?

사람들은 호기심과 염려가 뒤섞인 표정으로 황용호를 바라보았다.

모닥불 앞에 앉은 황용호는 지금 이 순간 그 어떤 이야기꾼보다 더한 기대를 받았다.

황용호는 왼쪽 손목에 찬 단말기를 톡톡 두드렸다.

"다들 우리가 찬 이 단말기에 특수한 시스템이 있다는 것은 알 겁니다."

사람들은 고개를 끄덕였다.

이세계로 이전된 그들에게는 각자 독특한 이능의 도구가 주어졌다. 미약한 독을 일으키는 나이프나, 뾰족한 가시가 돋은 다리 각반 따위의 장비였다. 그 도구를 장비하거나 손에 쥐면, 단말기에 해당 성능이 떠올랐다.

단말기의 화면을 터치하면 획득 능력치, 날짜, 주변 지리 등 유용한 정보를 확인할 수 있었다.

단말기는 세게 부딪히거나 굴러도 고장이 나거나 부서지는 일이 없었다. 또한, 손목을 자르지 않는 이상 단말기는 벗을 수도 없었다. 단말기는 낯선 세계에 온 그들에게 없어선 안 될 물건이자, 그들이 이방인이라는 증표였다.

"알다시피 생명을 죽이면 우린 경험치를 얻고 성장할 수 있습니다. 아직 방법은 모르지만 일정한 직업으로 전직까지 할 수 있는 것 같고요. 그런데 문제는 이것이 오크 같은 '몬스터'에게도 해당된다는 겁니다."

순간 몇몇 얼굴이 창백해졌다. 누군가 다급히 물었다.

"그게 무슨 소리입니까? 몬스터에게도 이런 시스템이 적용된다니요? 우리에게만 주어진 능력이 아니었단 말입니까?"

"안타깝지만 그렇습니다. 오크가 사람을 죽이는 순간, 우리의 단말기에 선명한 글귀가 떠올랐습니다. 「떠돌이 오크 아쉬렘의 레벨이 올랐습니다.」 그것은 누가 봐도 레벨이 올랐다는 의미였습니다."

무덤덤한 황용호의 어조와 별개로 사람들은 절망적인 표정을 지었다.

몬스터도 사냥을 해서 레벨을 올릴 수 있다. 현실에 있던 게임과 이 세계의 차이점이 명확히 구분되었다.

플레이어였을 자신들이 오히려 몬스터들의 사냥감이 되어 버렸다는 의미였다.

한 여자가 절망감을 이기지 못하고 울먹이며 물었다.

"그럼…… 우리는 어떻게 해야 하죠?"

"간단합니다. 우리도 레벨을 올리면 됩니다. 누구도 우릴 죽일 수 없도록 강해지면 되는 것 아니겠습니까."

"하지만 어떻게요? 우린 약해요. 뒷산만 올라가더라도 사나운 오크가 서식하는데, 우리 같은 사람들은 뭘 해보기도 전에 도리어 사냥당하고 말 겁니다."

어느 남자가 힘없이 말하자 황용호는 픽 웃었다.

이런 상황에서도 여유 있는 웃음을 짓는 그를 사람들은 부럽다고 느꼈다.

그러나 그 웃음은 묘하게 잔인한 구석이 있었다.

"그럼 약한 걸 사냥하면 그만 아니겠습니까."

"예?"

"몬스터가 너무 강하다면, 사람을 처치해 레벨을 올리면 되지 않겠냐는 겁니다."

순간 침묵이 흘렀다.

누군가 물었다.

"살인을 하자는 겁니까?"

"이곳에서 살아남기 위한 가장 효율적인 방식입니다."

사람들은 서로 눈치를 볼 뿐, 무어라 대답하는 자는 없었다. 신기하게도 양심의 가책을 운운하는 자도 없었다.

그들 역시 몬스터에게 죽임을 당하는 사람들을 보았다. 자신 역시 그런 꼴이 되고 싶진 않았다.

이렇게 될 것을 예상하고 황용호는 약아빠진 작자들을 선별해 데려왔다. 지금 황용호의 의견을 반박하는 자가 없단 것만으로도 그의 눈썰미가 얼마나 대단한지 알 수 있으리라.

마른침을 삼키곤 한 남자가 용기를 내어 물었다.

"그럼…… 사람을 죽이려면 어떻게 해야 할까요?"

"우선 새벽 시간을 노립시다. 그리고 무리에서 떨어진 자여야 하고요. 여럿이 사냥했을 때 경험치 분배 양을 알아보기 위해 입과 몸을 묶은 뒤, 최대한 여러 명이 난도질하는 방식으로 하겠습니다. 사냥감이 지니고 있던 장비와 전리품은 가장 큰 공로를 세운 자가 가지는 것으로 하고."

비록 간략할지라도 황용호는 규칙을 정해 주었다.

사람들은 그것만으로도 약간 안심했다. 처음이나마 목표가 생긴 것이다.

약간 흥분한 여자가 물었다.

"목표물은 누구로 할까요?"

"실은 이미 봐 둔 자가 있습니다."

황용호는 저편에 작게 보이는 목조건물을 가리켰다.

낡고 먼지투성이의 공방이었다.

사람이 있는지 내부로부터 가느다란 불빛이 흘러나왔다.

"뭔가 부서지는 소리를 듣고서 엿봤는데, 저 공방에 어떤 남자가 홀로 있더군요. 그리 경계심도 없어 보였고, 마치 삶을 달관한 듯한 눈빛을 하고 있었습니다. 첫 사냥감은 저 남자로 하는 게 어떻습니까?"

그들은 동조의 의미로 고개를 끄덕였다.

밤하늘의 초승달은 현실과 달리 푸르렀다.

날벌레가 찌르르 울었다.

새벽이 다가왔다. 공방 내부의 불빛이 사그라졌다.

황용호는 정예부대를 꾸렸다. 기습한다고 한들 좁은 공방에 20명 전부가 가기는 무리가 있었다. 공격형 장비를 지녔고 어느 정도 움직임에 자신이 있는 자들 위주로 기습조를 선발했다.

우선 정예부대가 기습해 남자를 포박하고, 남은 사람들이 들어와 사냥에 동참하는 방식이었다. 정예부대는 황용호를 포함해 8명의 남자로 구성되었다.

황용호는 자신에게 주어진 무기 '고열의 창'을 쥐어 들었다.

공방의 나무문 근처에 선 황용호는 입술 가운데로 손가락을 올렸다.

"대상은 하나지만, 우리도 첫 사냥인 만큼 실수가 있을 수 있습니다. 빠르고 침착하게 끝냅시다."

남자들은 긴장한 표정으로 고개를 끄덕였다. 물론 그 긴장감은 첫 살인으로부터 야기된 것이지, 결코 성공 유무에 관한 것은 아니었다.

그들의 수는 여덟. 고작 남자 한 명이 그들을 상대할 수 있을 리 만무했다.

황용호가 공방의 문을 조심스레 열어젖혔다. 그러곤 방금 동작과 상반되게 민첩히 공방에 침입했다. 다른 남자들도 그 뒤를 따랐다.

덧창 틈새로 내려온 달빛이 공방 일부를 밝혔다. 식어버린 용광로 속 잿더미가 달빛과 뒤엉켜 묘한 빛을 발산했다. 광석 파편을 포함한 대장장이 도구들은 오랫동안 쓰이지 않은 티가 역력했다.

황용호는 단말기의 녹색 칸을 눌렀다. 플래시 라이트가 켜졌고 희미한 불빛이 흘러나왔다.

황용호 일행은 단말기의 불빛을 이리저리 휘적거렸다. 잡동사니를 걷어차고, 닫힌 장롱을 열어젖히기도 했다. 그러나 공방 어디에도 남자의 모습은 보이지 않았다.

"도망친 게 아닐까요?"

한 남성이 작은 목소리로 물었다.

그러나 황용호는 고개를 가로저었다.

"조금만 더 찾아봅시다. 방금까지만 해도 공방의 불은 켜져 있지 않았습니까. 도망쳤다고 보기엔 부자연스러워요."

"아악-!"

갑작스레 모루 근처로부터 비명이 울렸다. 그들은 플래시 라이트를 그쪽으로 비추었다. 방금까지 멀쩡했던 남성이 목이 베인 채 죽어 있었다.

"뭐, 뭐야?"

깜짝 놀란 남성이 뒷걸음질 쳤다.

그 순간, 발치에 무언가 닿는가 싶더니 남성의 목덜미로부터 차가운 뭔가가 스쳐 지나갔다.

몇 초 뒤, 남성은 자신의 목에 커다란 구멍이 뚫렸단 사실을 깨달았다.

퍼서석-!

"커헉…… 커허헉!"

그의 목구멍에서 피가 터져 나왔다. 또 한 명이 쓰러졌다. 그들은 당황한 표정을 지으며 각자의 무기를 세게 쥐었다.

"어떻게 된 거야, 젠장!"

"수, 순식간에 둘이나 당했어!"

플래시 라이트를 거칠게 휘저었지만, 핏빛만 보일 뿐이었다. 인기척은커녕 살인자의 그림자조차 좇을 수 없었다.

그때였다.

콰앙-!

훤히 열려 있던 공방의 문이 쾅 닫혔다. 마치 살아서는 이곳을 나갈 수 없다고 말하는 것처럼.

남성들은 당황하다 못해 패닉을 일으킬 정도로 공포에 몰렸다. 허공에 무기를 휘두르는 작자가 있는가 하면, 구석에 숨으려 드는 작자도 있었다.

"다들 진정해요! 지금 당황해 봤자 득 볼 것이 없습니다!"

황용호는 커다랗게 소리쳤지만, 그조차 당황스럽긴 마찬가지였다. 이런 어둠 속에서 소리도 없이 두 놈을 죽였다. 일말의 망설임도 없이 살인을 자행하고 있다는 의미였다.

"어억-!"

또다시 비명이 들려왔다. 플래시 라이트를 비추자 심장이 꿰뚫린 시체가 보였다. 남은 자들의 얼굴이 창백해졌다. 겁에 질린 남성이 비명을 내질렀다.

"도, 도망칠 거야! 도망쳐야 해!"

닫힌 문짝으로 달려가던 남자의 발소리는 끝까지 이어지지 않았다. 이제는 플래시 라이트를 비추기도 겁이 들 정도였다. 황용호는 혐오감을 참아내고 불빛을 비추었다. 목이 꿰뚫린 시체가 바닥에 엎드려 있는 것이 보였다.

"아악-!"

"어억-!"

"커허허헉-!"

사람을 죽이는 속도가 더욱 빨라졌다.

세 남성의 비명이 울려 퍼졌다. 어느새 죽은 자는 일곱.

이제 남은 것은 황용호 혼자뿐이었다. 홀로 남았다는 사실과 죽을지도 모른다는 불안감이 공포감을 더욱 증폭시켰다. 황용호는 창으로 탁자를 내려치며 이를 갈았다.

"누구냐! 당장 모습을 드러내!"

순간 뒤에서 싸한 기운이 느껴졌다.

옅었으나 황용호는 자신의 감각에 의존했다.

곧바로 뒤로 돌아 창을 내뻗자 뭔가 단단한 것과 부딪혔다.

챙-!

충돌과 함께 빛이 뿜어졌다.

상대편의 칼날로부터 뿜어져 나온 광휘였다. 눈부신 빛에 황용호는 눈살을 찌푸렸으나 상대방을 똑똑히 볼 수 있었다.

짤막한 머리칼.

하얗다 못해 창백한 피부.

가면을 쓴 듯 무심한 표정.

기껏해야 스물 초반일까. 공방에 홀로 있던 그 남자였다.

짧은 시간 파악할 수 있었던 건 그뿐이었다. 그 후론 더 이상 볼 수도, 생각할 수도 없었다. 죽이려 했던 남자의 검이 황용호의 얼굴로 날아들었다.

"흡-!"

뺨이 길게 베였다. 살점이 떨어져 나가고 허연 이빨이 드러났다. 강한 아픔에 밀려 황용호는 뒤로 쓰러졌고 창을 놓쳤다. 피로 흠뻑 젖은 뺨을 매만지며 중년은 손을 슬그머니 떨었다.

온몸이 떨려왔다. 마치 귀신을 상대하는 것만 같았다. 군더더기 없는 동작. 망설임 없는 칼부림. 어느 것 하나 인간과는 거리가 멀게 느껴졌다.

"뭐……!"

황용호가 몸을 떨며 입을 여는 순간이었다. 어둠 속으로부터 메마른 목소리가 들려왔다.

"뭐냐, 너는. 대체 뭐하는 놈이냔 말이다."

황용호는 흠칫 놀라고 말았다.

바로 자신이 내뱉으려고 했던 말이었다.

그저 우연인가?

황용호는 더욱 놀라 뒤로 주춤주춤 물러났다. 발걸음 소리가 뚜벅뚜벅 들려왔다. 남자는 자신을 향해 걸어오고 있었다.

"죽……!"

"죽이지 마라. 나는 어떤 죄도 짓지 않았어. 날 죽이는 것은 살인이다. 네놈은 죄책감도 없나."

"내……!"

"내가 할 말을 어떻게 아는 거냐. 빌어먹을. 대체 뭐하는 놈이냐고."

황용호는 온몸에 소름이 끼쳤다. 자신이 할 말을 먼저 앞서 남자가 말하고 있다. 이게 대체 어떻게 된 일이란 말인가? 저 남자가 자신의 머릿속을 읽기라도 한단 말인가?

황용호가 머릿속을 얽매는 의문을 해소하기도 전이었다.

뼛속까지 시리는 듯한 목소리가 싸늘히 울렸다.

“지겨워, 네 단말마조차도.”

남자의 칼이 내려왔다.

서걱-!

피를 분수처럼 내뿜으며 황용호는 사망했다.

강윤수는 천천히 장도를 거두었다. 탁자 위에 있는 모포를 주워들어 핏자국을 닦았다. 그다음 시체들로부터 필요한 장비품을 수거했다.

램프의 심지를 켤 필요도 없었다. 보이지 않아도, 알고 있었다. 장비품을 회수하고 몸에 장착할 때마다 단말기에 표시가 떠올랐다.

「고열의 창」

등급-일반

관통력: 9

창날에 연소 재료가 닿았을 때 단면이 달아오른다.

「파워 건틀릿」

등급-일반

완력: 10

착용 시 완력이 늘어난다.

「암철 비수(×20)」

등급-일반

투척력: 4

낮은 확률로 상대방의 시야를 어지럽힌다.

「여덟 명의 인간을 죽였습니다.

정당방위였기에 범죄 수치가 오르지 않습니다.

범죄 수치가 높아지면 수사관 검문 시 불이익을 받을 수 있습니다.」

「암살 및 동족 학살 시너지로 경험치가 대폭 증가했습니다.

첫 살인입니다. 경험치가 추가로 오릅니다.

레벨이 12 올랐습니다.」

강윤수는 자신의 상태창을 확인했다.

강윤수

레벨 : 13

[근력]1

[맷집]1

[시력]1

[신경]1

잔여 포인트-12

레벨이 하나 오를 때마다 잔여 포인트는 1씩 올랐다.

모든 능력치는 현재 1이었다. 그렇다고 해서 시력이 무척 나쁘거나 신경이 둔한 것은 아니었다. 능력치는 어디까지나 현재의 능력을 추가적으로 올려준다.

원채 맷집이 좋은 사람도 포인트를 투자하지 않았다면 맷집 스탯이 1일 수 있는 것이다.

강윤수는 근력에 12포인트를 투자했다.

그리고 고열의 창을 용광로 내부에 꽂았다. 잿더미가 닿자 창날이 열을 뿜어냈다. 차게 식어 있던 용광로 내부가 벌겋게 달아올랐다. 불그스름한 열기가 타올랐다. 용광로가 달궈지자 강윤수는 창을 도로 뽑았다.

강윤수가 공방을 나서자 밖에서 대기하고 있던 일행이 흠칫하며 그를 바라보았다.

"뭐야? 방금 들어갔던 사람들은?"

"왜 저 남자가 나왔지? 윽. 이 냄새, 피비린내 아니야?"

"주, 죽었어. 공방에 들어갔던 남자들이 모두 죽었어!"

생존자들은 경악한 표정으로 그를 바라보았다. 반면 강윤수는 감흥 없는 얼굴로 걸어갔다. 험악한 인상의 남자가 단검을 겨누며 그의 앞을 막아섰다.

"그 장비품은 공방에 들어갔던 사람들이 갖고 있던 것들이군. 네가 저 사람들을 죽였지?"

남자는 강윤수가 약탈한 장비품을 보더니 침을 꿀꺽 삼켰다. 그는 죽은 사람들보다 그들이 남긴 물품에 더 눈독을 들이는 악한이었다.

"이리 내놔. 그건 원래 우리 일행이 가지고 있던 물건이다. 비겁하게 훔칠 셈이냐? 지금 안 주면, 죽이겠다."

강윤수는 생기 없는 눈동자로 그들을 보았다. 생존을 위해 인간성을 포기한 탐욕 어린 자들. 이들은 훗날 최악의 범죄 클랜, 흑호와 집결한다.

황용호는 흑호 클랜의 돌격대장으로서 수많은 사람을 학살했다. 강윤수 자신도 이들에게 몇 번이나 죽을 뻔한 경험이 한두 번이 아니었다.

강윤수는 그들을 바라보며 입술을 열었다.

"20초 후, 너희는 죽는다."

"무슨 소리야?"

"그 말은 너의 유언이다."

그리 말하고 강윤수는 계속 걸었다.

그들이 의아한 표정을 짓던 순간, 뒤쪽으로 천둥 같은 울음이 들려왔다.

"크로비트-! 압살룬-!"

퍼거걱-!

맨 뒤에 서 있던 자가 피범벅이 되어 으깨졌다. 커다란 워해머를 손에 쥔 몬스터가 으르렁거리며 그들을 내려다보았다.

근육질 신체와 소의 머리를 가진 몬스터, 미노타우로스.

첫날부터 많은 희생자를 낳았던 몬스터가 피 냄새를 맡고 여기까지 온 것이다.

미처 비명을 지를 틈새도 없었다. 미노타우로스는 해머를 폭풍처럼 휘둘렀다. 생존자들은 죄다 고깃덩어리가 되어 으깨졌다.

해머의 궤도에서 벗어나 있던 강윤수는 무사했다.

강윤수는 오른손에는 장도, 왼손에는 창을 쥐고 미노타우로스를 겨누었다. 무게중심과 박자, 호흡이 다른 두 무기였다. 검과 창을 쌍수로 쓴다는 것은 어불성설이었다. 그러나 강윤수에게는 해당하지 않는 상식이다.

둘의 스펙 차이는 어마어마했다.

미노타우로스의 레벨은 47.

레벨 13에 불과한 강윤수로서는 승부란 말조차 어색한 상대였다.

그때 미노타우로스가 콧김을 내뿜으며 망치를 내렸다.

"크룬타-! 마루고트-! 키리스-!"

해석하자면 이런 의미였다.

오늘 먹잇감은 채웠으니 잔챙이는 도망쳐도 좋다.

강윤수는 미노타우로스를 물끄러미 올려다보았다. 그는 미노타우로스의 언어로 말했다.

"아마크. 오코놀르. 카루."

그 말의 의미는 이랬다.

너는 내게 죽는다.

"크루워어어어어어엇―!"

격노한 미노타우로스가 워해머를 높이 쳐들었다.

부웅―!

신장 3미터의 괴물이 육중한 워해머를 가볍게 휘둘렀다. 반면 강윤수는 가볍게 발걸음을 옮겼다. 그리 빠르지 않은 움직임이었다. 그러나 해머는 강윤수의 옷깃조차 스치지 못했다.

콰직―!

워해머는 맨바닥을 내리찍었다. 등을 돌리고 강윤수는 뛰기 시작했다. 미노타우로스는 괴성을 내지르며 그의 뒤를 쫓았다.

쿠웅. 쿠웅.

미노타우로스가 한 걸음 내디딜 때마다 대지가 옅게 울렸다. 강윤수는 공방 주위를 반 바퀴를 돌아 제작소 부근으로 향했다. 그사이 보폭의 차이로 둘 사이의 거리는 상당히 좁혀졌다.

따라잡히기까지 고작 수 초.

미노타우로스가 강윤수를 향한 최후의 한 걸음을 내디뎠을 때였다.

콰지지직―!

주변의 대지가 움푹 함몰되었다. 제법 깊게 만들어진 함정

밑으로 낡고 예리한 쇠 파편이 가득했다. 함정에 빠진 미노타우로스는 볼품없이 앞으로 넘어지고 말았다.

"카르카—! 코놀르—!"

넘어지는 선에서 그치는 것이 아니었다. 미노타우로스는 앞으로 넘어지며 공방 일부를 부숴 버렸다. 단단한 육체가 낡은 목재 벽면을 허물자 붉게 달아오른 용광로가 드러났다.

그 윗부분에 황소의 머리가 부딪쳤다.

치지직—!

"크워어어어어엇—!"

살이 지져지는 소리가 퍼져 나갔다.

미노타우로스가 황급히 고개를 들었지만, 용광로의 열은 너무나도 강했다. 머리 한구석이 깊게 파였을 만큼 큰 피해를 입었다. 그때 강윤수가 높이 뛰어 미노타우로스의 목덜미에 안착했다.

강윤수의 무게 탓에 미노타우로스는 고개를 들지 못했다. 강윤수는 검과 창을 동시에 휘둘러 뒤통수를 베어버렸다.

미노타우로스의 뼈와 가죽은 굵고 질겼다. 칼날과 창날로도 큰 피해를 주기 어려웠다. 하지만 강윤수는 밀집된 근육 틈을 교묘히 노렸다. 전문 용병도 다루기 어려운 쌍수 무기를 강윤수는 손쉽게 다뤘다.

"키말크—! 마루고트—!"

미노타우로스의 고개를 쳐들 때마다 강윤수가 치명타를 날렸다.
용광로에 맞닿자 후끈거리는 김과 함께 미노타우로스의 머리가 지져졌다. 살가죽이 타고 흰 머리뼈가 나타났다. 미노타우로스는 온몸의 혈관을 꿈틀대며 저항했다.
그러나 함정 속에 박힌 몸 탓에 무게 반동이 큰 해머는 휘두를 수조차 없었다. 잔인한 광경에도 강윤수의 눈빛은 무심했다.
그는 반쯤 타버린 미노타우로스의 머리에 창날을 깊숙이 내꽂았다.
퍼걱-!
두개골이 부서지고 피가 사방으로 튀었다.
곧이어 미노타우로스의 저항이 잦아들었다.

「잔혹한 미노타우로스(레벨 47)를 죽였습니다. 단독으로 매우 강한 몬스터를 죽였기에 추가 경험치가 부여됩니다. 미노타우로스 토벌령을 공고한 영주를 찾아가면 특별한 보상을 받을 수 있습니다.
레벨이 8 올랐습니다.」

이번 역시 강윤수는 근력을 올렸다. 그러자 검과 창의 무게가 약간 가벼워졌다.
본래 미노타우로스의 시체로부터 가죽이나 고기를 채집하

거나 워해머를 녹여 질 좋은 강철을 얻는 것이 정석이지만, 강윤수는 그러지 않았다. 굳이 그렇게 자원을 얻어낼 이유도, 가치도 없었기 때문이다.

강윤수는 미노타우로스에게 묵사발이 난 시체들에게 다가갔다. 그는 한 시체의 주머니에서 손수건을 훔쳐 몸에 묻은 피를 닦아냈다. 온몸에 비릿한 냄새가 가득했으나 그는 혐오감조차 느끼지 못했다.

강윤수는 장도를 검집에, 창은 등에 메고 걷기 시작했다.

단말기에 표시된 지도는 쳐다보지도 않았다. 그의 뒤편으로 피와 달빛이 흘렀다.

2장
네크로맨서의 전승비기

현실의 사람들은 갑작스레 낯선 세계로 이전됐다.

이곳의 공식 명칭은 '실피아 대륙'이지만, 보통은 짧게 '대륙'이라고 불린다. 대륙의 영토는 면적으로만 따지자면 현실의 아시아보다 넓었다.

하지만 항해술은 그리 발달하지 못해 해협 밖으로 나가진 못하고 있었다. 현실과 마찬가지로 실피아 대륙에는 태초부터 살아오던 사람들이 존재한다. 그들은 자신들을 '대륙인', 강윤수처럼 현실로부터 온 작자들을 '여행자'라고 불렀다.

대륙인과 여행자를 구분하는 차이는 왼쪽 손목에 찬 단말기의 유무였다. 능력을 성장시킬 수 있는 이능을 가진 대륙인과 달리 여행자가 성장하기 위해선 소환됐을 당시 차고 있던 단말기가 반드시 필요했다.

이 세상에는 독특한 법칙이 존재한다.

누구나 레벨을 올려 성장해, 원하는 클래스로 전직할 수 있게 된 것이다. 현실과 게임이 혼합된 세상이라고 한다면 이해가 쉬울 것이다. 하지만 게임과 다른 점도 명확히 존재한다.

레벨 업이 가능한 것은 인간뿐이 아니었다. 몬스터는 대부분 레벨 업이 불가능했지만, 고유명을 가진 네임드 몹은 얼마든지 레벨 업이 가능했다.

게임과 가장 큰 차이점은 죽더라도 부활하지 못한다는 것이다. 대마법사라도 시체를 완벽히 되살리는 것은 불가능하다. 최후의 네크로맨서 나크론조차 죽은 자를 언데드로 회생시키는 것이 고작이었다.

종종 시체를 인형으로 만드는 인형사들도 있지만, 그것은 엄연한 금기였다.

그렇기에 목숨은 무엇보다 중요했다.

현실이든, 이곳이든 말이다.

"아셨죠? 죽으면 그걸로 끝이에요. 우린 경고했습니다."

최창석은 남자를 향해 주의 깊게 말했다. 알아들은 건지 못 알아들은 건지 강윤수는 대답조차 하지 않았다.

최창석을 비롯한 일행들이 그를 불쾌한 얼굴로 바라보았다.

"캬락! 캬루룩!"

바위 틈새 너머로 고블린의 울음소리가 들려왔다. 야트막한 동굴은 고블린들의 서식처였다. 그들은 고블린 사냥을 위해 이곳까지 왔다. 현실로부터 이전된 시기는 사람마다 각각 달랐다.

단체로 갑작스레 이전되는 경우도 있고, 아니면 개인으로 괴상한 장소로 이전되는 일도 있다. 실제로 어느 고등학생은 드래곤 둥지로 이전되어 초반부터 강력한 스킬을 손에 넣기도 했다.

최창석은 두 달 전 실피아 대륙으로 이전됐다. 그는 대학교 동기들과 마을 외곽에 떨어졌다. 황무지 한가운데나 폐쇄 유적에 떨어진 자들에 비하면 그들은 운이 좋은 편에 속했다. 거기다 다들 체대생이었기 때문에 육체 활동에 익숙했다.

최창석의 클래스는 용병.

용병은 시간을 투자하면 웬만한 무기는 어렵지 않게 다룰 수 있고, 전투 의뢰를 받기도 쉬워진다. 경력과 자금을 쌓아 자신만의 용병단을 창설할 수도 있다.

또한, 본인은 몰랐지만 2차 전직으로의 길이 가장 무난한 직업이었다. 현실에서 학과 대표였던 최창석은 일행의 리더로서 의뢰를 받아왔다.

의뢰명은「고블린 토벌령」.

종류에 관계없이 고블린 100마리를 처치해 달라는 것이 주된 내용이었다. 처치한 고블린은 단말기에 고스란히 기록되어 의뢰자에게 가면 보상을 받을 수 있다.

여느 게임과 비슷하게 고블린은 최하급 몬스터다. 개체마다 레벨은 기껏해야 20 정도로, 지능도 낮았다. 때론 급격히 성장하는 개체도 있지만, 극히 일부였다.

그러나 독을 바른 단검과 화살의 살상력이 까다로웠기에 방심은 금물이었다. 고블린 무리를 얕보고 덤벼들었다가 죽은 사람도 심심찮게 나왔다.

"사전에 협의한 대로, 강윤수 씨가 제일 먼저 가는 겁니다."

강윤수는 일행 중 뒤늦게 합류했다.

정확히는 최창석 일행이 고블린 서식지 근처로 왔을 때야 만났다. 최창석 일행은 4명이었고, 개개인의 레벨이 그리 낮지도 않았기 때문에 굳이 한 명을 더 넣을 필요는 없었다. 하지만 고블린들은 함정과 속임수를 애용한다.

레벨이 높더라도 가시 함정과 뱀독은 위협적인 요인이다. 강윤수는 무리의 맨 앞에서 먼저 함정의 유무를 파악하는 첨병이었다. 물론 시차를 두고 최창석 일행도 그 뒤를 따를 예정이었다.

강윤수는 홀로 고블린 서식지로 들어갔고, 일행은 바위 뒤편에 숨어 그 뒷모습을 지켜보았다. 곧 강윤수의 뒷모습이 그늘 속으로 사라졌다. 1학년 후배이자, 사냥꾼 클래스인 이유리가 그의 뒤를 따라가려던 순간이었다.

최창석이 그녀의 손을 붙잡았다.

"유리야, 잠깐만."

"왜, 오빠?"

"저 사람, 그냥 두자."

이유리는 의아한 표정을 지었고, 최창석은 어깨를 으쓱였다. 다른 두 선배도 최창석과 비슷한 표정을 지었다. 이유리는 고개를 갸웃거리다가 이해를 했는지 곧바로 자리에 착석했다.

강윤수는 갑작스레 일행에 합류했다.

냉정히 말하자면, 친분도 뭣도 없는 생판 남이다. 굳이 그와 보상을 나눠야 할 필요는 없다. 더군다나 강윤수는 검과 창을 동시에 장비했다. 천하의 고수가 아닌 이상, 전혀 다른 두 무기를 동시에 다룰 순 없다.

장비만으로도 자신이 초짜란 사실을 몸소 증명하고 있다.

초짜를 데리고 가봐야 일행에게 폐밖에 끼치지 않는다.

그래서 먼저 동굴로 들어간 강윤수가 고블린들에게 홀로 죽도록 내버려 두는 것이다.

게임과 비슷하다고 할지언정, 이곳은 엄연한 현실. 괜스레 불안 요소를 데리고 전투를 벌여야 할 이유는 어디에도 없었다.

검사 클래스인 이민수가 의견을 제시했다.

"야, 아까 그 새끼가 가지고 있던 칼, 나쁘지 않아 보이던데. 죽으면 내가 써도 괜찮지?"

"그래, 대신 창은 내가 쓴다."

최창석이 말하자 같은 용병 클래스인 홍가람이 눈살을 찌푸렸다.

"뭐? 내가 아까부터 쓰려고 눈독 들여놨는데."

"넌 그래도 괜찮은 쇠도끼 하나 있잖아. 내 칼은 지금 이가 닳아빠졌어. 나중에 용병단 창설도 해야 하는데, 이런 무기로 폼이 살겠냐?"

그렇게 잡담을 나누고 있을 때였다. 이유리가 고개를 갸웃거렸다.

"어째 너무 조용하지 않아?"

확실히 그렇긴 했다.

강윤수가 들어간 지 20분이 지났다.

방어구를 가장 많이 착용한 홍가람이 일어섰다.

"내가 잠깐 안을 살피고 올게."

그가 성큼성큼 동굴 안으로 걸어갔을 때였다. 곧 그의 놀란 목소리가 들려왔다.

"야, 야! 애들아. 빨리 와봐!"

최창석 일행은 고개를 갸웃거리며 고블린 서식지 내부로 들어섰다. 대상을 놓쳤는지 바닥에 움푹 팬 가시 함정과 조잡한 올가미가 동굴 천장에서 덜렁거렸다.

횃불과 불티가 쌓인 동굴 바닥에 수십 마리의 고블린 시체가 난자된 채 쓰러져 있었다. 이상하게도 평범한 고블린과 달리 몸의 색깔이 붉은색이었다.

시쳇더미 너머로 피 묻은 검과 창을 빼 든 강윤수가 비스듬히 앉아 있었다. 그에게서는 어떤 상처도 찾아볼 수 없었다.

최창석이 더듬거리며 물었다.

"겨, 겨우 20분 만에 혼자 다 잡은 거예요……?"

강윤수는 천천히 고개를 끄덕였다.

최창석은 눈살을 찌푸렸다.

장비도 그렇고 강윤수는 그리 강해 보이지 않았다. 게다가 레벨 차가 있더라도 수적 차이를 이겨내긴 힘들다. 더군다나 입구 쪽에는 함정까지 설치되어 있지 않았는가.

그때였다.

동굴 건너편으로부터 시끄러운 발소리가 들려왔다. 저 너머로 고블린 무리가 줄을 지어 달려왔다. 평범한 고블린과는 달랐다. 몸도 새빨갛고 체형도 훨씬 컸다.

"캬륵–! 캬라락–! 캬로록–!"

최창석이 재빨리 칼을 뽑아 들었다.

"젠장, 아직 잔당이 남아 있었군. 홉고블린 떼다! 다들 전투 준비!"

"카루륵–!"

"하압–!"

새빨간 고블린이 단검을 내세우고 돌격해 왔다. 앞장선 최창석이 칼을 길게 휘둘렀다.

챙-!

상대방의 단검이 부서지고 홉고블린의 턱이 깊게 베였다. 홉고블린이 괴성을 지르는 사이 최창석은 심장 깊숙이 칼을 내꽂았다.

"하아…… 하아…… 빌어먹을!"

거친 숨을 몰아쉴 새도 없었다. 또 다른 고블린이 장검을 휘둘러왔다. 예상치 못한 일격에 노출된 최창석이 눈을 질끈 감았을 때, 홍가람이 양손 도끼를 힘차게 내리그었다.

내장을 쏟아내며 홉고블린이 쓰러졌다. 하지만 아직도 많은 홉고블린이 그들을 둘러싸고 있었다.

뒤편에서 이유리가 겁먹은 목소리로 소리쳤다.

"오빠! 내가 서식지를 잘못 찾았어. 이건 그냥 고블린이 아니라 홉고블린이야!"

"이미 도망치기에는 늦었어! 너도 그만 징징대고, 활이라도 쏴!"

홉고블린.

새빨간 피부를 가진 고블린의 아종. 손질한 장비로 무장하는 것은 물론이고, 덩치도 훨씬 컸다. 숙련된 전사들이 아주 많고, 개체마다 레벨은 30대나 되었다.

최창석의 레벨은 36, 나머지 세 사람의 레벨은 대략 30 정도였다. 그나마 자신은 싸워볼 만했지만, 수적으로 너무나 열

세였다.

주위를 둘러싼 홉고블린은 척 봐도 100마리가 넘어갔다. 홉고블린들은 재빨리 출구를 봉쇄하고 그들을 막아섰다. 일반 고블린의 비해 힘도 강했고 무기를 다루는 솜씨도 월등했다.

최창석은 홉고블린 한 놈의 심장을 꿰뚫은 뒤 거친 숨을 몰아쉬었다.

'젠장! 이런 놈들을 저놈은 어떻게 혼자 잡았지?'

최창석은 강윤수를 바라보았다.

그는 검과 창을 양손으로 교차하며 싸워 나가고 있었다. 홉고블린의 공격을 가볍게 피하고 단칼에 목을 베어버리는 강윤수의 솜씨는 현란하다 못해 기계적이었다. 그가 죽여 버린 홉고블린만 해도 족히 서른이 넘어갔다.

'실은 레벨이 굉장히 높은 건가?'

강윤수의 장비 구성은 희한했지만, 그렇다고밖에 생각할 수 없었다. 애초에 사냥 경험이 많지 않은 이상, 저렇게 능숙한 칼부림을 보이긴 힘들다. 레벨은 신체 스펙을 올려주지만, 그걸 활용하는 건 소유자인 자신이니까.

하지만 최창석의 예상은 틀렸다.

강윤수의 레벨은 고작해야 20대. 일행 중 가장 낮은 수치였다. 하지만 상처 하나 허용하지 않는 그의 몸놀림은 도저히 하수의 것이라 믿기 어려웠다.

"어억-!"

홉고블린의 칼날이 스쳤고, 김민수의 어깨로부터 피가 터져 나왔다. 유독 방어구가 부실한 그였다. 화끈한 고통에 그는 출혈 부위를 짓눌렀고, 예상 못 한 빈틈이 만들어지고 말았다. 순식간에 홉고블린 셋이 김민수를 노리고 들어왔다.

"용병의 투지!"

재빨리 홍가람이 용병의 고유스킬을 펼쳤다.

고유스킬.

클래스를 선택하면, 고유한 특성의 스킬을 얻을 수 있다. 또한, 고위 클래스로 올라갈수록 얻을 수 있는 고유스킬이 많아졌다. 스킬은 특정 장인에게 배우거나 특수서적, 혹은 자력으로 습득할 수 있었다.

홍가람의 눈빛이 붉게 물들었다. 그의 양팔 근육이 꿈틀거리더니 도끼날을 힘차게 휘둘렀다.

퍼거걱-!

세 마리의 홉고블린을 단숨에 쓰러뜨리는 것도 모자라 시체 파편을 동굴 벽까지 날려 버렸다.

"고, 고맙다. 가람아!"

"허억! 허억!"

김민수의 감사에 답변도 못 하고 홍가람은 한쪽 무릎을 꿇었다. 용병의 투지는 단시간에 신체 능력을 끌어올려 주지만, 그만큼 육신에 부담이 컸다.

양손 둔기는 안 그래도 많은 활력을 소모하는 무기였다. 무식할 정도로 싸워 근육통을 이겨낸 베테랑이 아니고서야 그리 많이 쓸 수 있는 스킬이 아니었다.

두 명이 전투불능 상태가 되자 상황은 급격히 나빠졌다. 게다가 이유리는 뒤에서 화살을 몇 대 날릴 뿐 그다지 맞추지도 못했다.

오히려 최창석이나 강윤수 쪽으로 빗나가서 전투에 방해되기 일쑤였다. 그때 상처를 입고 쓰러졌던 김민수가 이를 악물고 일어섰다.

"젠장. 검의 혼!"

검사 클래스 고유스킬, 검의 혼.

용병의 투지보다 신체 능력 상승 폭은 낮지만, 부상과 고통을 잠시 잊게 해주었다. 또한, 검의 공격력을 늘려줬고 활력 소모가 덜했다. 오른팔의 부상에도 불구하고 김민수는 사력을 다해 칼을 휘둘렀다.

홍가람도 근육통을 이겨내고 일어나 도끼를 내리찍었다. 수 시간 후, 네 사람의 활약 끝에 홉고블린은 모조리 처치됐다. 마지막 남은 홉고블린은 강윤수의 창에 찔려 사망했다.

위기를 모면한 일행은 간신히 한숨 돌렸다.

"우와, 그 많은 홉고블린을 우리가 다 해치웠다니. 믿기질 않아."

홍가람이 저릿저릿한 팔을 주무르며 말했다.

김민수는 배낭에서 붕대를 꺼내 상처 부위에 감고는 물

었다.

"창석아, 우리 몇 마리나 해치웠어?"

단말기의 의뢰 내용을 바라보던 최창석이 말했다.

"99마리. 아깝네, 한 마리만 더 채웠으면 의뢰 완료였는데, 아니, 그보다."

최창석은 고개를 돌려 이유리를 노려봤다.

그녀는 흠칫 놀라며 고개를 숙였다.

"야, 이유리. 이게 뭐야, 네가 고유스킬로 고블린 서식지를 찾아보기로 했잖아. 근데 왜 홉고블린이 나왔냐고. 잘못하면 우리 전부 다 죽을 뻔했어."

"미안해, 오빠. 하지만 난 탐색 스킬로 분명히 이 동굴에 '엄청난 귀중품'이 있다고 느꼈단 말이야."

"참나, 보상만 생각할 게 아니라 서식 몬스터를 제대로 확인했어야지. 저레벨 탐색 스킬이 성공할 확률이 낮긴 하다지만, 우리도 목숨 걸고 싸우는 거잖아. 솔직히 너 혼자만 1인분 못 하고 있는 거 알고 있냐?"

"뭐? 오빠야말로 말이 너무 심한 것 아니야? 솔직히 스킬이 틀린 건 내 잘못이 아니잖아!"

"아, 씨발. 이게 여자라고 봐주니까 진짜!"

두 사람의 말싸움은 점점 격해졌다. 이유리는 점점 울먹였고, 최창석은 사나운 표정을 지었다. 김민수와 홍가람은 내심 얄미웠던 이유리가 당하는 것이 통쾌해 일부로 모른 척했다.

한편, 강윤수는 건너편 바위에 조용히 앉아 있었다. 그의 레벨은 10개가 올랐다. 이번 역시 근력에 모든 걸 투자했다. 레벨 31이 됐다.

강윤수는 잠시 최창석 일행을 돌아보았다. 싸우는 두 남녀와 방관하는 두 남자. 지나온 삶이 머릿속을 스쳐 갔다.

"예전에는 너희를 참 많이 죽였지."

강윤수가 말을 꺼내자 순간 주위가 조용해졌다.

최창석은 눈살을 깊게 찌푸렸다.

"뭐라고요?"

"예전에 너희에게 속아 홉고블린에게 죽을 뻔했어. 열 번째 삶 때 처음으로 죽여 봤고."

강윤수를 향하는 일행의 눈빛이 따가워졌다.

그는 아랑곳하지 않고 말을 이었다.

"한 번은 생각을 바꿔봤지. 한 명씩 같이 다녀봤어. 김민수는 워울프 집단 사냥 도중 나를 배신하고 도망쳤다. 홍가람은 내가 잠든 사이 무기를 훔쳐 달아났고. 최창석은 내가 세워온 공적을 가로채고 용병단의 우두머리가 됐지. 이유리는 연약한 여자라는 것을 껍질 삼아 행할 수 있는 모든 악행을 저질렀다. 언제든, 어떻게든 항상 배신당했어."

무미건조한 목소리로 내뱉는 험담은 차갑기 그지없었다.

최창석이 험악한 표정을 지으며 다가왔다.

“하고 싶은 말이 뭡니까?”

“너희는 죽여도 후회되지 않아. 그 사실은 내 어떤 삶에서도 바뀌지 않더군.”

최창석이 강윤수의 멱살을 거칠게 잡았다. 반면 강윤수는 무심한 눈길로 그를 바라보았다. 최창석은 입술을 씹으며 화난 표정을 지었다.

“하! 이 새끼. 아까 좀 싸웠다고 아가리 나불대는 것 봐라? 뚫린 입이라고 지껄이면 다 말이 되는 줄 알아?”

그때 동굴 내부가 크게 울렸다.

쿵! 쿵! 쿵!

건너편으로부터 무언가 커다란 생명체가 다가왔다. 그림자는 영락없는 홉고블린의 형체였으나 덩치가 몇 배는 거대했다. 최창석은 놀란 듯이 멱살을 풀고 손을 칼자루에 가져갔다. 이윽고 커다랗고 시뻘건 홉고블린이 모습을 드러냈다.

한쪽 손에 쥔 커다란 마체테가 퍼렇게 번뜩였다.

“크로로록-!”

「자이언트 홉고블린(보스, 레벨 52)이 출현했습니다.」

보스 몬스터.

일반 몬스터에 비해 능력치가 월등하며 그 파괴력은 개인이 감당할 것이 못 됐다. 강윤수를 제외한 네 사람은 자이언트 홉고블린의 위용에 입을 다물지 못했다.

너무 놀라 다리가 마음대로 움직여 주질 않았다. 그 순간, 자이언트 홉고블린이 마체테를 내리그었다.

퍼걱-!

앞에 있던 홍가람의 몸이 가볍게 두 동강 나버렸다.

"뭐, 뭐야!"

"꺄아아아아악-!"

"도, 도망쳐야 해!"

세 사람은 서둘러 출구 쪽으로 달렸다. 하지만 자이언트 홉고블린의 움직임이 더 빨랐다. 거대한 덩치로 출구를 가로막곤 동족을 학살한 일행에게 무시무시한 포효를 터뜨렸다.

"크로로로로록-!"

"젠장. 이젠 싸우는 수밖에 없어! 이봐요, 강윤수 씨. 당신도 이리 와요!"

최창석이 다급히 소리쳤다. 그러나 강윤수는 천천히 일어나더니 오히려 동굴 안쪽으로 걸어가 버렸다.

"저 쓸모없는 새끼!"

김민수는 욕설을 내뱉으며 칼을 빼 들었다. 그는 돌진하며 검을 낮게 휘둘렀다. 자이언트 홉고블린의 발목을 통과해 밖으로 나가려는 의도였다. 그러나 자이언트 홉고블린이 마체테를 내리꽂는 순간, 그의 몸은 그대로 뚫렸다.

"꺄아아아악―!"

잔인한 광경에 이유리가 비명을 내질렀다. 그 순간 그녀는 자신의 등 뒤로부터 충격을 느꼈다. 최창석이 거침없이 이유리의 등을 걷어찬 것이다.

힘껏 밀린 그녀는 자이언트 홉고블린의 발목에 부딪혔고, 그대로 손잡이 부분에 찍혀 으깨지고 말았다. 괴물의 시선이 이유리에게 팔린 틈을 타, 최창석은 재빠르게 달렸다.

발목 틈을 넘어 출구로 도달하려는 순간, 마체테가 그의 등 뒤를 훑었다. 이를 악물고 돌아선 최창석은 검을 맞대어 휘둘렀다.

모든 전력을 쏟아부은 일격.

챙―!

마체테와 장검이 부딪치며 불티를 날렸다. 힘의 격차에 최창석의 손목이 비틀렸고, 서서 억지로 버티려다 발목 한 군데가 엇나갔다.

최창석은 동굴 밖으로 튕겨 나갔고 그는 흙바닥을 거칠게 굴렀다. 칼날 귀퉁이가 부러지고, 칼자루를 쥔 손아귀에서 고통이 쏟아졌다.

"으, 으윽……."

최창석은 바닥을 양손으로 긁듯이 거칠게 일어났다. 다행스럽게도 자이언트 홉고블린은 동굴 밖으로 그를 추격해 오지 않았다.

황량한 황무지 위에 최창석 혼자 서 있었다. 일행은 모두 죽어버렸다. 이제 홀로 이 대륙에서 살아남아야 한다.

그는 증오에 찬 눈빛을 띠었다.

위험에 빠진 자신들을 내버려 두고 홀로 도망친 그놈이 머릿속에 박혔다.

“강윤수…… 그 씨발 새끼. 두고 보자.”

욕설을 내뱉은 후, 최창석은 비틀거리며 그 자리를 벗어났다. 강윤수에 대한 복수심이 마음속에서 끓어올랐다.

강윤수는 동굴 끄트머리에 도달했다. 벽면 위로 산화된 뼈로 이뤄진 제단이 존재했다. 제단 위에는 녹슨 상자가 놓여 있었다. 사실 이유리가 탐색 스킬로 느꼈다던 ‘엄청난 귀중품’은 이 상자 안의 물건으로부터 야기된 것이었다.

강윤수는 상자의 입구를 매만졌다. 열쇠 구멍조차 없는 상자는 아예 열 수 없도록 만들어진 것처럼 단단히 봉해져 있었다. 그러나 사람의 손이 닿자 철 상자가 파르르 떨렸다.

곧 상자로부터 새카만 어둠이 피어올랐다.

파앗—!

동굴의 지면이 옅게 떨리고 종유석이 매섭게 바닥에 곤두박질쳤다. 새카만 어둠이 모여 사람의 형체를 이루기 시작했다. 천장에 머리가 닿을 만큼 커다란 모습이었다.

사악함이 깃든 목소리가 크게 울렸다.

[허약하고…… 방자한…… 놈!]

타락한 영혼이 무섭게 소리쳤다.

[나는 최후의 네크로맨서 나크론의 영혼! 하찮은 피조물 따위가 감히 내가 남긴 후세의 비기를 아무 대가 없이 가지려 하느냐!]

아득한 고대.

각자의 클래스에 정점이었던 다섯 인물. 만물의 왕 시리안을 필두로 판데모니엄의 침입을 막아냈던 그들은 고대의 영웅으로 추앙받았다.

고대의 영웅 중 가장 음침하고 사악했으나 최후에는 세상을 위해 싸웠던 최후의 네크로맨서, 나크론. 강윤수는 나크론의 타락한 영혼을 깨워낸 것이다.

[그 상자를 열고 싶다면, 태양이 저물지 않는 사막에서 화염용의 새끼를 으깨고, 만년설이 깃든 설원 속 얼음의 제왕을 깨뜨려 나의 시련을 통과해야만…….]

"너를 죽인 것은 만물의 왕이다."

[뭐…… 라고?]

고대의 영웅 나크론이 당황한 목소리로 물었다. 반면 강윤수는 덤덤했다. 그는 고대의 영웅조차 몰랐던 흑막의 진실을 아무렇지도 않게 누설했다.

"과거 판데모니엄의 문이 열리려던 날, 너는 악마와의 전투로 죽었다. 그러나 그 뒤에는 내막이 있다. 만물의 왕 시리안이 네가 모르도록 치밀히 극독을 먹여왔다. 그 독은 조금씩 쌓여 네 힘을 빼앗았지. 리치가 되어 불멸을 원했던 너는 훗날 까다로운 공적이 될 것이 분명했기에, 시리안은 너를 배신하고 없앴다."

[……웃기는 놈이군! 그럴 리가 없다! 시리안은 나의 친우이자 함께 해온 전우이다. 만물의 왕은 나를 믿어준 유일한 자다!]

"그럴 리가 있다. 그 증거로 너의 핏줄이 끊기고, 레오르칸 제국은 태평성대를 이루었다. 지금 너는 고대의 영웅 중 가장 추악한 자로 남았고, 시리안은 제국의 건국 황제로서 위인으로 남았다. 의심이 간다면, 지금 명계로 떠나 시리안의 영혼을 찾아봐도 좋다. 그는 아직 죽지 않았으니."

[맙소사……! 그럴 리가!]

나크론은 당혹스러운 표정을 지으며 주먹을 부르르 떨었다.

그의 영혼이 크게 응축되더니 갑작스레 커졌다.

[시리안……! 네 이놈!]

귀청이 찢어질 만큼 커다란 포효를 내짖고 나크론의 영혼은 자취를 감추었다.

그리고 상자가 덜컥 열렸다. 안에는 가죽 표지의 서적 한 권과 수수한 빛깔의 흑색 반지가 놓여 있었다.

「네크로맨서 전승비기」

최후의 네크로맨서 나크론이 서술한 서적. 네크로맨서의 비기에 관해 상세히 적혀 있다. 직업 여부와 관계없이 네크로맨서의 비기를 전수 받을 수 있으며, 무직일 때 최후의 네크로맨서로 전직이 가능하다.

「생명억압의 반지」

등급-유일

마나증가량: 725

마나회복속도 +55

보유 스킬: 정령창조, 영혼채집

정령왕을 짓밟기 위해 나크론이 만들어낸 흑색 반지. 세계를 아름답게 가꾸었던 정령들의 원한이 깃들었다. 희귀하고 강력한 재료를 사용해 정령을 창조할 수 있다.

또한, 생물의 영혼을 채집해 반지에 봉인할 수 있다. 반지에 봉인된 영혼은 무척 고통스러울 것이다.

그러나 제작자 나크론의 영혼만은 봉인될 수 없게 되어 있다.

「정령창조」

스킬 레벨-Lv1(00.00%)

창조가능 정령-샐러맨더(드래곤 숨결 필요), 아이시클(만년빙 수정 필요), 브라이트(라이트닝 골렘 코어 필요), 샤프니스(스피릿 소드 필요).
진귀한 재료를 사용해 정령을 창조한다.

「영혼채집」
스킬 레벨-Lv1(00.00%)
제한 횟수-4회
막 사망한 시체나 망령의 영혼을 채집할 수 있다. 채집한 영혼은 소유자의 능력을 올리거나 사령무기의 재료가 된다. 드물게 영혼을 지원군으로 활용하거나 인형에 불어넣을 수도 있다.

아이템의 등급은 일반-희귀-유일-전설로 갈렸다.

일반 등급은 가장 흔한 축에 속했고, 희귀 등급은 경우에 따라 비싼 값에 거래됐고, 유일 등급은 그 자체만으로도 무척 귀했으며, 전설 등급은 대륙의 판도를 뒤바꿀 수 있을 만큼 귀중품이었다.

생명억압의 반지는 어이가 없을 정도로 강력한 아이템이었다. 고작 반지 하나가 마나를 725나 증가시켜 주며, 마나회복 속도도 굉장히 빨라진다.

거기에 고유스킬이 2개나 부여되어 있어 말 그대로 대마법사나 간직할 법한 물건이었다.

물론 원래는 이렇게 간단히 얻을 수 있는 아이템이 아니다. 상자의 봉인을 풀기 위해선 나크론의 위험한 시련을 통과해야만 했다.

멸망사막에서 이그누스 드래곤의 헤츨링을 죽이고, 아이시안 설산에서 빙결제왕의 심장을 훔치는 일 따위가 그 예시다.

그러나 강윤수는 일천 번째 삶을 사는 초월자였다. 그런 까다로운 시련을 거치지 않고도 충분히 비기와 아이템을 얻을 수 있는 지식을 겸비하고 있었다.

강윤수는 생명억압의 반지를 손가락에 꼈다. 착용하고 있던 파워 건틀릿은 손가락 외의 부분만 감쌌기에 반지 착용이 가능했다.

그는 가죽 서적을 펼쳤다. 서적으로부터 밝은 빛이 흘러나왔다.

「히든 클래스, 최후의 네크로맨서로 전직하시겠습니까?」

최후의 네크로맨서는 훌륭한 직업이었다.

시체를 일으킬 때마다 능력치가 향상되고, 목숨을 잃었을 때 언데드로 부활하는 것도 가능하다. 고레벨을 달성하면 고위 언데드를 간단히 복종시킬 수 있고, 마력도 몇 배나 증폭한다.

물론 부작용도 존재한다. 네크로맨서의 권능을 발휘할 때마다 살결이 부패하고, 신체는 언데드로 변해 간다. 하지만 인간을 포기하고 리치로 현신하면, 인류와 적대 관계가 형성되는 대가로 추악한 마력을 펼칠 수 있다.

실제로 강윤수는 리치가 되어 전장의 시체들을 모조리 되살려냈던 경험이 있다. 그러나 강윤수는 말했다.

"거절한다."

한때, 그는 리치가 되어 불멸의 군단을 일으켰다. 그럼에도 마황에게 패배했다. 단말기의 음성 시스템이 그의 목소리를 받아들였다.

「전직을 거부하셨습니다. 클래스 전직 없이 네크로맨서의 비기를 전수 받으시겠습니까?」

"전수 받겠다."

서적이 말끔히 사라지고 흘러나온 빛이 강윤수에게 스며들었다.

「네크로맨서의 비기를 전수받았습니다.
새로운 스탯《회생》이 개설됐습니다.」

「다중시체부활」

스킬 레벨-Lv1(00.00%)

소모 마력-전체량

주변의 시체를 모조리 최하급 언데드로 부활시킨다. 전투가 끝난 언데드는 소환계로 보존한 뒤 다시 소환할 수 있다.

「사체폭발」

스킬 레벨-Lv1(00.00%)

소모 마력-40

지정한 시체를 강력히 폭발시킨다.

「라이프 드레인」

스킬 레벨-Lv1(00.00%)

소모 마력-초당 3

적의 체력과 수명을 강제로 흡수한다.

강윤수는 밖으로 걸어갔다. 출구 길목에 앉아 있던 자이언트 홉고블린이 일어섰다.

"쿠르르륵……!"

으르렁거리며 보스 몬스터가 자신을 내려다보았다. 강윤수는 주위에 널린 홉고블린 시체를 둘러보았다. 그러곤 천천히 오른팔을 들었다.

"다중시체부활."

피에 젖은 시체들이 뼈가 되어 일어났다. 홉고블린들이 스켈레톤으로 부활했다. 자이언트 홉고블린에게 묵사발이 난 인간들은 언데드화가 이루어지지 않았다. 방금까지 죽어 있던 시체들이 일어서자 소규모 군단이 대동한 것 같은 광경이 펼쳐졌다.

「다중시체부활의 스킬 레벨이 올랐습니다.
시체를 하급 언데드로 되살릴 수 있게 되었습니다.」

"끄어어……."

안광이 텅 빈 해골들이 조각난 무기를 붙잡고 일어났다.

최하급 언데드 스켈레톤. 지능이 낮은 그들은 음침한 신음만 뱉어냈다. 그래도 일반 네크로맨서의 회생스킬에 비하면 그 규모가 엄청났다.

평범한 네크로맨서는 숙련된 흑마법사를 찾아가 전직을 해야 했고 그 과정이 무척 고달팠다. 네크로맨서는 시체 하나를 되살리는 데도 상당한 마력과 재료를 소모한다.

그러나 다중시체부활은 마력 소모 외에는 다른 페널티 없이 시체를 되살릴 수 있다. 그야말로 군단 창설을 위한 네크로맨서의 비기였다.

강윤수는 자이언트 홉고블린을 가리켰다.

"죽여라."

"딱딱!"

스켈레톤들이 뼈를 부딪치며 보스 몬스터에게 돌진했다. 자이언트 홉고블린은 크르릉 울부짖으며 마체테를 크게 휘둘렀다. 스켈레톤 무리는 추풍낙엽처럼 쓰러졌다. 그러나 강윤수는 감정 없는 얼굴로 팔짱을 낀 채 소실된 마나가 회복되길 기다렸다.

생명억압의 반지의 효과로 마나회복속도가 무척 빨랐다. 그사이 스켈레톤들은 자이언트 홉고블린의 살결로 각자의 무기를 휘둘러 상처를 냈다.

"코로로록-!"

보스 몬스터가 크르릉거리며 스켈레톤을 부숴갔다. 그때 뒤편에서 강윤수가 외쳤다.

"사체폭발."

콰가강-!

도로 시체로 돌아간 스켈레톤 한 마리가 일순간 폭발했다. 폭발의 규모는 자이언트 홉고블린도 무시 못 할 피해를 입혔다. 보스 몬스터는 격노한 표정을 지었지만, 결국 한쪽 무릎을 꿇고 말았다.

사체폭발은 강력한 파괴력을 지닌 마법이지만, 범위를 조절할 수 없고 하나의 시체를 소멸시킨다. 폭발 범위를 제대로 인지하지 않으면 사용자 본인이나 다른 아군까지 피해를 입을 수 있었다.

그러나 강윤수는 거리낌 없이 스킬을 사용했다.

"사체폭발."

콰가가가가강—!

또 다른 폭발이 자이언트 홉고블린의 전신을 휩쓸었다. 동굴이 무너지진 않을까 걱정이 될 만큼 커다란 규모의 진동이 울렸다. 대상의 살갗이 찢어지고 선홍빛 근육이 드러났다.

「사체폭발의 스킬 레벨이 올랐습니다.

폭발의 세기가 더욱 증가합니다.」

"쿠르르르륵—!"

자이언트 홉고블린은 크게 울부짖더니 강윤수에게 돌진해 왔다. 걸리적거리는 스켈레톤들은 마체테로 죄다 쓸어버렸다.

강윤수는 놀라기는커녕 평소의 무미건조한 표정 그대로 검과 창을 뽑아 들었다.

"라이프 드레인."

검과 창 끄트머리로부터 청백색 기운이 감돌았다. 묘한 파동은 자이언트 홉고블린의 몸체에 닿더니 흡착기처럼 생명력을 흡수하기 시작했다.

아직 스킬 레벨이 낮아 흡수율은 높지 못했지만, 자이언트 홉고블린의 생명력이 조금씩 빨려왔다. 자이언트 홉고블린이 다가와 마체테를 사납게 휘둘렀다. 하지만 이미 강윤수는 그 자리에 없었다.

몬스터의 동작을 예견한 그는 스켈레톤의 두개골을 짓밟고 도약해 듬직한 어깨에 안착했다. 그러곤 검과 창을 제각기 세게 내찔렀다.

퍼걱-! 서거걱-!

관자놀이에 타격을 입은 자이언트 홉고블린은 피를 흘리며 휘청거렸다. 강윤수는 몸을 살짝 굽혀 홉고블린의 왼쪽 가슴에 창을 찔러 넣었다.

퍼걱-!

예리한 창날이 움푹 들어가더니 심장 터지는 소리가 들렸다. 자이언트 홉고블린의 거구가 쓰러졌다. 돌바닥이 크게 울렸다.

「자이언트 홉고블린(보스, 레벨 52)을 쓰러뜨렸습니다. 소유 언데드가 얻은 경험치는 소유자에게 전환되지 않습니다.
레벨이 3 올랐습니다.」

강윤수는 자이언트 홉고블린이 쥐고 있던 마체테를 빼앗았다. 커다란 괴물은 마체테를 한손검으로 사용했지만, 인간 기준으로는 넓적한 대검이었다.

「강철 마체테」

등급-일반

절삭력: 14

질 좋은 강철로 만들어진 대형 마체테.

강윤수는 검과 창을 버리고 마체테를 장비했다. 큼지막한 대검을 등에 메자 묵직한 무게가 느껴졌다. 마나가 차오르길 기다리며 강윤수는 상태창을 확인했다.

강윤수

레벨 : 34

[근력]-32

[맷집]-1

[시력]-1

[신경]-1

[회생]-1

잔여 포인트-3

그는 회생을 3포인트 올렸다. 회생은 되살아나는 언데드의 육신, 신성력 내성, 저항력 등을 강하게 키워줬다.

마나가 전부 차올랐음이 느껴졌다.

다중시체부활의 사소한 단점은 시체를 하나만 되살릴 때도 소유한 마나를 전부 소모해야 한다는 것이다.

강윤수는 자이언트 홉고블린을 향해 손을 내밀었다.

"다중시체부활."

소유한 마력 전부가 빠져나갔다. 조금 전까지 거칠게 날뛰던 자이언트 홉고블린이 시퍼런 동공을 띤 채 일어났다. 좀비로 부활한 것이다. 여전히 지능이 낮았지만, 거구인 언데드가 생겨났으니 크나큰 전력이었다.

강윤수는 손을 들어 70마리가 넘는 언데드를 움직였다. 스켈레톤들은 동굴 끄트머리로 걸어갔다.

"사체폭발."

동굴 벽면에 쓰러져 있던 스켈레톤 한 마리가 터졌다.

콰쾅-!

동굴 천장이 무너질 듯한 충격이 울리고 난 뒤, 벽면이 함몰되고 그 너머가 드러났다. 흡사 갱도처럼 원석 파편들이 가득히 박힌 광이었다.

"캐라."

죽은 김민수의 배낭을 어깨에 걸치며 강윤수가 명령했다.

언데드는 반복적인 노동에 능숙했다. 피로가 축적되지 않고 지루함도 느끼지 못한 채 명령에 충실했다. 스켈레톤들은 손뼈가 바스러질 정도로 광을 파내어 광석을 채취했다.

강윤수는 배낭이 가득 차도록 배낭에 광석을 채웠다. 멀뚱히 서 있는 스켈레톤 무리를 향해 그는 명령했다.

"소환계로 가라."

스켈레톤 무리의 형체가 희미해지더니 곧장 사라졌다.

「78마리의 스켈레톤을 소환계에 보존했습니다.
현재 소환계에 있는 소환수-스켈레톤 78마리, 자이언트 홉고블린 좀비 1마리.
보존 가능한 소환수 숫자-421마리」

소환계.

언데드를 비롯한 소환수가 살아가는 별개의 차원이었다.

보통 소환사나 조련사 클래스 같은 직종들은 자신이 소유한 소환수를 소환계에 보존했다가 전투 시에 부를 수 있었다.

평상시에 소환수를 데리고 다니기에는 불편함이 컸다. 그래서 대개는 평소에 소환계에 소환수를 보관해 두었다. 소환계에 보관해 둘 수 있는 소환수의 숫자는 소유자의 기량에 따라 달랐다.

강윤수는 광석을 채운 배낭을 짊어지고 동굴을 나섰다. 하늘은 어둑어둑해져 있었다.

강윤수는 황폐한 대지 위를 무표정하게 걸었다. 얼마 지나지 않아 저 너머로 비틀거리며 위태롭게 걷는 남자가 보였다.

최창석이었다.

“너, 너 이 새끼!”

최창석은 강윤수를 돌아보더니 사납게 이를 갈았다.

철천지원수라도 만난 것처럼 말이다.

그러나 손목과 발목을 다친 최창석은 정상적인 컨디션이 아니었다. 강윤수는 담담히 대검을 빼 들었다. 최창석이 당황한 표정을 지었다.

“지, 지금 나하고 싸우자는 거냐?”

“가만히 두면 복수하러 올 테니까.”

강윤수는 낮게 말했다.

“도망친 너를 방치하면 나중에 반드시 복수하러 와. 그래서 지금 죽이려고.”

죽인다고?

나를?

최창석은 당혹스러웠다. 사람을 죽이겠다는 말을 저토록 뻔뻔히 내뱉다니. 자신을 바라보는 강윤수의 눈빛은 몬스터를 사냥할 때의 그것과 전혀 다를 것이 없었다.

강윤수가 천천히 다가왔다. 최창석은 식은땀을 흘리더니 자신도 검을 빼 들었다.

이놈, 진심이다!

"젠장! 가까이 오지 마!"

최창석이 검을 길게 휘둘렀다. 그러나 강윤수는 몸을 낮춰 검의 궤도에서 벗어났다. 동시에 그가 빠르게 검을 찔러 넣었다.

서늘한 일격에 최창석은 검을 가로막기 급급했다. 애당초 손목과 발목을 다친 그는 강윤수의 적수가 되지 못했다.

챙―!

강윤수의 커다란 칼날이 최창석의 검 귀퉁이를 쳐냈다. 손목을 벗어난 검은 허공에서 반 바퀴 돈 후 황무지 위를 굴렀다. 무기를 잃자 최창석은 적의마저 잃어버리고 겁에 질린 표정을 지었다.

그는 다리를 절뚝거리며 황급히 도망쳤다.

"사, 살려줘! 살려달라고! 이 빌어먹을 새끼. 너는 죄책감도 없……!"

강윤수는 무심히 걸어가 최창석의 목덜미에 칼을 꽂아 넣었다. 가볍게 칼질 두 번. 핏물이 튀며 최창석은 앞으로 쓰러졌다. 경련을 일으키던 그는 곧장 숨이 멎었다.

「무고한 일반인을 죽였습니다.

목격자가 없기 때문에 범죄 지수가 오르지 않습니다.
시체를 제대로 유기하지 않을 경우 차후 살인 사건으로 불거질 수 있습니다.」

강윤수는 최창석의 시체를 흘깃 내려다보았다. 방금 사람을 죽였다. 그러나 아무런 죄책감도 생기지 않았다. 잡초 한 무더기를 꺾어낸 것처럼 어떤 감흥도 없었다.

그는 주변을 둘러보다가 넓적한 바위를 발견했다. 강윤수는 그 위에 걸터앉았다. 배낭 앞주머니에는 축축한 수통이 들어 있었다. 강윤수는 물을 한 모금 삼켰다.

그러다가 살며시 입을 열었다.

"죽여서 미안하다고 생각하지 않아. 살인은 지겨울 정도로 해봤으니까."

주위에 아무도 없었다.

그러나 누군가 있기라도 한 것처럼 강윤수는 허공의 한 점을 바라보았다.

"가끔은 오히려 너희 같은 자들이 부러워. 그렇게라도 죽을 수 있으니 말이야."

강윤수는 수통을 배낭에 넣고 바위에서 일어섰다. 그는 중얼거리며 계속 걸었다. 누군가 보았다면 미친 사람이라고 여겼을 만큼 해괴한 말을 내뱉으면서.

"매 순간 자살 충동이 일어. 천 번이나 살았으니까. 매일 아침 눈을 뜰 때면, 이 지겨운 광경이 보일 때면 내 손으로 눈알을 파내고 싶은 충동에 휩싸여."

이전 삶이 사라지고 소중한 자들의 머릿속에서 자신이 지워졌다. 정점까지 쌓았던 힘과 스킬을 잃었다. 끔찍했던 악인들은 모조리 되살아났다.

모든 것이 리셋되었다.

새로운 삶이 시작될 때가 가장 미치기 쉬운 순간이었다. 미친 것처럼 혼잣말이라도 하지 않고서야 버틸 수 없었다. 강윤수는 편집증 환자처럼 되뇌었다.

"나는 내 손으로 죽지 못해. 다른 이의 손으로도 죽지 못해. 절대 죽어선 안 되지. 내가 죽으면 전부 끝나 버리니까."

자신은 죽을 수 없다.

그것이 몇 번째 삶이든지 간에.

서녘 하늘 저편에 붉은 석양이 지고 있었다.

3장
힘의 조각

시골 영지, 켈린.

황무지를 용케 경작한 대지가 펼쳐진 소영지(小領地)였다. 농사꾼들은 밭일을 마치고 돌아갔고, 행인들은 한잔 걸칠 생각인지 킬킬 웃으며 술집을 드나들었다.

잘 여문 보리가 황금빛으로 빛나고 달큼한 맥주 증기는 콧등을 번질거리게 했다. 영지민들은 이마에 땀이 번졌어도 하루를 마감하며 웃음을 지었다. 어머니의 품처럼 향긋하고 안락한 기분이 느껴지는 영지였다.

강윤수는 그런 켈린 영지를 바라보았다.

'여전하군.'

아름다운 경관, 사람들의 웃음소리, 찬란한 석양. 척박한 현실에서 살았던 여행자라면 누구라도 마음의 안식을 얻었을 것이다. 하지만 그 어느 것도 강윤수의 마음을 적시지 못했다. 문득 손아귀에 힘이 들어가 있는 걸 느꼈다.

'전부 죽이고 싶다.'

살인 충동이란 것은 묘했다. 너무도 평화로운 영지를 보자 도리어 모조리 죽이고 찢어버리고픈 마음이 드는 것은 왜일까.

무고하고 선량한 사람들임에도 그런 충동이 일었다. 회귀 직후 처음 마주한 마을이기 때문일까? 반복되는 회귀로 인한 스트레스? 아니면 그냥 자신이 미쳐 버렸기 때문에?

강윤수는 이마를 쓸어내렸다.

영지민을 죽여 봤자 실상 얻는 이득은 전혀 없다.

'괜히 잡념만 느는군. 나는 하나만 기억하면 돼.'

강윤수가 살아가는 목적은 오로지 단 하나였다.

마황을 살해하는 것.

그것의 머리를 으깨고, 심장을 부숴, 잔혹하게 찢어 죽이는 것.

그러나 충만한 적개심과는 별개로 너무나 초월적인 그 존재를 살해하는 것은 영원히 불가능할 것만 같았다. 하지만 990번째 삶에서 강윤수는 한 가지 실마리를 얻었다.

죽기 직전, 자신이 날렸던 최후의 일격에 잠시나마 마황의 얼굴은 일그러졌다.

'마황도 무적은 아니다. 이건 확실해.'

마황은 신과 비견되는 존재였다. 현실로 도망쳐도 차원을 넘나들어 쫓아오고 자신을 과거로 회귀시켰다.

그러나 마황에게도 약점은 있었다. 회귀를 거듭할수록, 마황은 약해져 가고 있다. 처음에는 자신의 생각이 추측에 불과하다고 생각했다. 그러나 지난 아홉 번의 삶을 거듭하며 강윤수는 점차 확신했다.

어떤 공격에도 무심했던 마황이 점차 표정이 일그러지는 빈도가 늘어났다. 물론 죽음에 이를 만큼 치명적인 상처는 주지 못했다. 그러나 미약한 고통을 주었다는 그 사실 하나만으로도 충분했다.

마황이 어째서 약화되는 것인지 이유는 알 수 없다. 그러나 분명 약해지고 있는 것은 사실이었다.

마황을 죽이는 것은 불가능하지 않다. 그 사실 하나만으로도 강윤수가 살아갈 목적은 성립되었다.

이번 삶에서 강윤수는 그런 마황의 약점을 내찌를 것이다. 마황이 나타나는 것은 20년 뒤였다. 그때까지 최상의 경지에 도달하고 전생의 모든 지식을 바탕으로 성장해야만 했다. 반복되는 회귀를 끝내고 세상의 파멸을 막아내기 위해서.

'우선, 그녀가 반드시 필요하다.'

초기에는 연약하나 최후에는 자신의 동반자로 성장할 여인. 각종 시련과 난관을 넘기 위해선 그녀의 특성이 필수적이었다. 또한, 그녀는 자신이 아직까지 살아 있는 하나의 이유이기도 했다.

언덕길을 오르자 검소한 저택이 보였다.

투구를 깊게 눌러쓴 병사가 그를 멈춰 세웠다.

"멈춰라. 이 앞은 헤르미야 영주님의 저택이다."

경비병은 날카로운 사이드(Scythe)를 강윤수에게 겨누었다.

느긋한 영지민들과는 달리 영주의 사병들은 경계심도 많고 전투력이 뛰어났다. 강윤수는 말없이 배낭의 입구를 열어 보였다. 그 안에는 투박한 광석이 가득했다. 값비싼 귀금속의 원천이었다.

적당히 제련만 하더라도 족히 영지 몇 개는 살 수 있을 분량이었다. 본래 광석은 제련된 보석에 비해 투박한 것이 보통이다. 그러나 강윤수가 보유한 광석들은 척 봐도 최상급임을 알 수 있었다.

투구를 눌러써 표정은 볼 수 없었지만 경비병의 태도가 조금 조심스러워졌다.

"저희 영지에는 무슨 볼일이십니까? 혹시 행상인이신가요? 거래하시려면 좀 더 큰 교역소를 찾아가시는 게 좋으실 겁니다."

"영주에게 볼일이 있다."

"네?"

영주를 만나러 왔다니? 제아무리 켈린의 영주가 특이한 일면이 있다곤 해도, 기껏해야 황무지 변두리 영지의 주인이다. 이렇게 귀한 광석을 거래할 재력이 있을 리 만무했다.

강윤수는 담담히 말했다.

"맹약의 보주를 다룰 수 있는 자가 왔다고 전해."

맹약의 보주. 고대부터 약속된 귀중품. 앞으로의 여정에 도움이 될 히든 피스였다.

강윤수는 저택의 창가를 올려다보며 말했다.

"그녀는 이미 내 목소리를 들었을 테지만."

풍만한 가슴골을 타고 내려온 물방울이 목조 바닥에 떨어졌다. 촉촉하게 젖은 머릿결을 말릴 틈새도 없었다.

방금까지 따스한 목욕통에 안주해 있던 터였지만, 헤르미야는 가운을 차려입고 서둘러 접대실로 걸어갔다.

젊은 남자가 앉아 있었다. 짧은 흑발이 인상적이었다. 전체적으로 상당히 준수한 외모였으나 얼굴은 인형처럼 감정이 없었다.

어찌나 무표정한지 심하면 음침하게까지 여겨질 정도였다. 그의 오른쪽 손목으로 단말기가 보였다.

헤르미야는 긴 속눈썹을 얕게 일그러뜨렸다.

"여행자였나요?"

"왜 가운만 입으셨습니까?"

옆에 서 있던 경비병이 난색을 지으며 물었다. 딱히 시중드는 사람도 없는 저택이라 사병이 안내를 해주었을 터였다. 헤르미야는 커다란 가슴을 한 손으로 쓸어내리더니 심드렁한 표정을 지었다.

"실내에서까지 투구를 쓰는 네게 그런 소리를 듣자니 언짢구나."

"저는 화상 자국 때문이지 않습니까."

"누누이 말해 왔지만, 못날수록 자신을 드러낼 줄 알아야 한단다."

헤르미야는 맞은편 의자에 착석했다. 그녀가 긴 다리를 꼬자 가운 속내가 아슬아슬하게 보였다. 살집 있는 허벅지의 틈은 이성이라면 누가 봐도 혹할 법했다. 그러나 남자는 눈길조차 주지 않았다.

헤르미야는 그 태도가 마음에 들었다.

"헤르미야 레페입니다. 켈린의 영주이기도 하고요. 이쪽 경비병의 무례는 부디 용서해 주세요. 어려서부터 제가 거두었던 아이인데 화상이 워낙 심해 얼굴을 보이는 걸 꺼린답니다. 당신의 이름은 무엇인가요?"

"강윤수. 말씀하신 대로 여행자입니다."

"엘프는 귀가 좋답니다. 창문 틈새로 간략히 들었어요. 맹약의 보주를 다룰 수 있다고 하셨나요?"

"예."

"그럼 그것이 무엇인지도 아시나요?

"예."

강윤수는 짧게 대답했다. 헤르미야는 눈을 가늘게 뜨더니 남자를 지그시 바라보았다.

그러더니 갑자기 입을 열었다. 그녀는 노래하듯 목소리를 높여 말했다.

황폐한 사막을 고되게 걷던 자는
천 번째의 길잡이를 만나
절반의 세상을 잃을지라도
마침내 그토록 바라던 샘물에 이르리라.

그러자 강윤수도 입을 열었다.

물론 어조는 낮은 그대로였다.

"모래폭풍 위를 끝없이 맴돌던 자는
최후의 맴돌이를 직시하나
모래 알갱이 하나 손에 묻히지 못하고
신기루 속을 영원히 헤매리라."

헤르미야는 벌어진 입을 한 손으로 가렸다.

"어머나, 세상에."

그녀는 멍하니 강윤수를 보았고 믿을 수 없다는 듯이 중얼거렸다.

"어머나, 세상에, 어머나, 어머나, 세상에……."

경비병은 고개를 조금 숙이더니 헤르미야를 바라보았다. 투구 속으로 걱정스러운 표정을 짓고 있음이 틀림없었다.

"차라도 타올까요?"

"그, 그래. 찻잎을 많이 넣어오렴. 불은 조심하도록 하고."

경비병은 접대실을 나갔다.

헤르미야는 이마에 손을 짚더니 고뇌하듯 신음을 흘렸다. 그러다가 갑자기 그녀는 가운을 천천히 벗었다. 우윳빛 살결과 풍만한 가슴이 햇빛에 뒤엉켜 찬란히 빛났다.

"내 심장이 무사한지 확인해 보세요."

강윤수는 오른손을 영주의 풍만한 가슴으로 가져갔다.

"심장이 뛰고 있습니다."

"그런가요? 다행이에요. 난 방금 죽을 정도로 놀라서 심장이 멈췄다고 해도 한 치의 의심도 하지 않았을 거예요."

헤르미야는 가운을 도로 입었다. 보통 남녀 사이라면 서로 얼굴을 붉힐 법도 하건만, 두 사람은 그런 기색이 전혀 없었다.

흥분을 가라앉히려는지 헤르미야는 달아오른 뺨을 손으로 쓸어내렸다.

"정말…… 정말로 놀랐어요. 레페 일족이 400여 년 동안 지켜온 글귀를 엘프가 아닌 인간, 그것도 다른 세계의 여행자에게서 들을 줄이야."

그녀의 얼굴에 호기심이 어렸다.

"맹약의 보주에 관해선 어떻게 알아내셨죠? 이그누스 드래곤의 글귀는요?"

강윤수는 회상하기도 싫은 기억이 떠올랐다.

어찌 모르겠는가.

이그누스 드래곤의 글귀.

지금은 멸망사막으로 변한 남부 지역의 엘프족에게는 훗날 맹약의 보주를 다룰 수 있는 자가 그 글귀를 읊는다는 이야기가 내려오고 있었다.

과거, 강윤수는 멸망사막에서 온갖 사경을 겪어 가며 거친 삶을 살았다. 그러나 기나긴 모험 끝에 얻은 보상이 고작 글귀 하나란 것을 알았을 때의 충격은 아직도 잊을 수가 없었다.

그는 고개를 가로저었다.

"가르쳐드릴 수 없습니다."

자신의 삶은 쉽사리 믿길 만한 것이 아니었다. 구태여 복잡한 설명까지 해가며 반복되는 회귀를 가르쳐 줘야 할 이유는 없었다.

"그렇군요. 참견하진 않겠어요. 레페 일족은 어디까지나 입회인이니까요."

헤르미야는 숨을 들이마신 뒤 설명을 시작했다.

"저희 레페 일족의 선조……."

"레페 일족의 선조이자 고귀의 궁사 나힐렌은 만물의 왕 시리안의 보좌이자 위대한 영웅이었다. 당시 엘프의 수장이었던 나힐렌이 이그누스 드래곤에게 패해 숲을 잃고 그 일대가 멸망사막이 되었다고 알려졌지만, 일부러 거짓된 소문을 퍼뜨린 것이다. 실은 나힐렌과 이그누스 드래곤은 오랜 맹약을 맺었으며 훗날 나타날 악의 군주를 대비하기 위해 보주의 정체를 숨겨온 것이다. 진정한 자격을 갖춘 사람을 찾아 이그누스 드래곤이 남긴 힘의 조각을 물려주는 것이 레페 일족의 숙명이다."

"……."

헤르미야는 두 눈을 크게 떴다.

자신이 장황히 할 설명을 간단히 요약해 강윤수가 말해버린 것이다. 놀란 표정을 짓는 그녀에 반해, 그는 으레 그렇듯 별반 표정 변화 없이 말했다.

"긴 설명은 듣기 싫어서."

그렇게 말하고 강윤수는 일어났다.

헤르미야가 미처 놀라움에서 헤어 나오지 못했을 때였다.

"차를 타왔습니다. 앗."

찻잔을 바친 쟁반을 들고 오던 경비병이 발을 헛디뎌 앞으로 넘어진다. 강윤수는 손을 내밀어 경비병의 가슴을 받친다. 그리고 다른 한 손으로 쟁반을 든다.

타악.

예상이라도 했듯이 매끄러운 동작.

한 방울도 떨어지지 않은 찻물이 잔에서 찰랑였다.

강윤수는 쟁반을 탁자 위에 내려두었다. 그러곤 찻잔에 마른 입술을 가져갔다. 한 모금 넘기곤 천천히 말했다.

"맛없어. 변함없이."

앉아 있던 헤르미야도, 그에게 안긴 경비병도 멍한 표정을 지었다.

강윤수는 무심히 말했다.

"맹약의 보주를 보기 전에, 필요한 물건이 있습니다."

강윤수가 요구한 물건은 다름 아닌 술이었다.

저택에 보관된 명주 중에서도 가장 독한 술이 필요하다고 그는 말했다. 헤르미야는 호의를 담아 경비병에게 술을 내어주라 말했다.

"강윤수 님이 와주셔서 정말 다행입니다."

경비병은 한 손으로 바닥에 쓰러져 있던 서재를 일으켜 세웠다. 그리 크지 않은 체격임에도 불구하고 병사의 근력은 놀라울 정도로 강인했다.

경비병은 잡동사니로 가득한 창고 바닥을 헤집었다. 강윤수는 병사를 따라와 낡은 석벽에 등을 기대고 서 있었다. 조잡한 빈 병을 던지고서 경비병은 이어 말했다.

"헤르미야 영주님은 이런 황무지 변두리에 계시기는 정말 아까운 분입니다. 어릴 적 화재로 가족을 잃었던 저를 거두어 주신 것도 그분이시죠. 레페 일족의 숙명에 관해선 제게도 종종 말씀을 해주셨죠. 이제야 헤르미야 영주님은 그 답답한 굴레에서 벗어나시겠군요."

"헤르미야가 아름답다고 생각하는군."

"보통 그렇게 생각하지 않나요?"

경비병이 되물었다.

강윤수는 바닥에 구르던 손거울을 집더니 품에 넣었다.

그는 낮게 말했다.

"그녀보다 나은 여자를 알아서."

"헤르미야 님보다 아름다우신 분이라면 저도 한 번 뵙고 싶군요. 저는 어렸을 적 이후로 켈린 영지에서만 살아서 다른 곳에는 나가본 적이 없어서요."

"그 여자는 너도 볼 수 있어."

"놀랍군요. 어떻게 하면 만날 수 있나요?"

"투구를 벗고, 거울을 봐."

잡동사니를 뒤지던 경비병의 장갑이 일순간 멈췄다. 뒷모습이었지만 그녀가 화났다는 것을 알 수 있었다.

경비병의 목소리가 차가워졌다.

"……영지 밖에선 머리털이 흉하게 빠지고, 화상 자국 투성이인 여자를 미인이라 하나요? 어수룩한 농담이군요."

"농담 싫어해."

"세상이 질린 늙은이처럼 말씀하시네요."

"지쳐서."

이윽고 경비병은 술병을 찾아냈다. 도수가 무척 높은 위스키였다. 그녀가 일어나 문 쪽으로 걸어올 때였다.

들쥐 한 마리가 먼지 쌓인 바닥을 재빠르게 달려갔다. 경비병은 들쥐의 꼬리를 붙잡더니 그것의 배를 간질거렸다. 투구에 얽힌 웃음소리가 살며시 흘러나왔다.

"하하하…… 음."

경비병은 자신을 바라보는 강윤수를 의식했는지 동작을 황급히 멈추었다.

그녀가 쥐를 내려두려던 순간이었다.

"찍!"

"아앗!"

그 순간 쥐가 펄쩍 뛰어오르더니 투구 속으로 들어왔다. 쥐는 찍찍 짖어 대며 얼굴 주위를 헤집고 다녔다. 당황한 나머지 경비병은 투구를 바닥에 떨어뜨리고 말았다.

경비병과 강윤수의 눈이 마주쳤다.

그녀의 모습은 참담했다. 머리털이 흉하게 빠지고, 자라지 않은 두피는 비참히 쭈그러졌다. 얼굴뿐만 아니라 목 근처 아래로도 화상 자국투성이였으며, 성한 곳을 찾기가 어려웠다.

유독 화상 자국은 얼굴이 심했다. 특히 안면의 왼쪽 부근은 화상이 심해 안구가 함몰된 것처럼 보일 지경이었다. 쥐를 떨어뜨린 뒤 경비병은 황급히 양손으로 얼굴을 가렸다.

"날 보지 마요!"

그녀가 앙칼지게 소리쳤다. 추한 자신을 남에게 보이는 것이 죽기보다 싫었다. 더군다나 이리도 훤칠한 청년이라면 더더욱. 그녀는 얼굴을 가렸으나 참을 수 없는 치욕감을 느꼈다.

강윤수가 그녀의 어깨를 톡톡 두드렸다.

살며시 눈을 뜨자, 그는 감흥 없는 얼굴로 투구를 내밀었다. 재빨리 투구를 쓴 그녀가 입술을 살짝 씹었다.

"죄송합니다."

"왜."

"제 모습을 보셨잖아요. 괜히 흉한 꼴 보게 해드려서……죄송하군요."

"흉하지 않아."

전혀 예상 못 한 대답이었다.

경비병은 잠시 침묵하다가 의심스레 물었다.

"제 모습이 무섭지 않으셨나요?"

"전혀."

경비병은 의아했다.

보통 자신의 민얼굴을 본 남자는 기겁하거나 욕을 내뱉기 일쑤였다.

하지만 강윤수는 달랐다. 자신의 모습을 보고도 조금의 거리낌이 없었고, 오히려 무심했다. 그렇다고 딱히 예의를 차리는 것도 아니었다.

무심한 외견과 달리 그리 나쁜 사람은 아니라는 생각이 들었다. 반면 강윤수는 문 쪽에 선 그녀를 물끄러미 바라볼 뿐이었다.

"안 가고 뭐 해."

"이곳이면 적당하겠지요."

널따란 황무지.

너무하다 싶을 정도로 공허했다. 풀 한 포기 자라지 않은 메마른 대지에 세 사람이 서 있었다.

헤르미야는 품에서 붉은 구슬을 꺼냈다.

맹약의 보주.

구슬은 한 손에 쥐기에는 약간 큰 크기였으나 불꽃이 잠들어 있는 것처럼 맹렬한 붉은색이었다. 그녀는 조심스레 맹약의 보주를 황무지에 내려두었다.

"할머니께 전해 들은 이야기에 의하면, 맹약의 보주에는 이그누스 드래곤이 남긴 힘의 조각이 담겨 있다고 해요. 하지만 맹약의 보주로부터 힘의 조각을 꺼내기 위해선 위험한 시련을 통과해야 한다고 하더군요. 목숨을 걸어야 할 만큼 위험한 시련 말이에요."

안전을 위해 영주의 사병을 대동해도 됐겠지만, 강윤수가 거절했다.

강윤수는 경비병을 쳐다보았다. 경비병은 약간 긴장했는지 주춤거리는 손동작으로 술병을 건네주었다.

그녀가 물었다.

"실례지만, 그 독한 술을 어디에 쓸 생각이신가요?"

"맞아요. 실은 저도 궁금했어요."

헤르미야도 물었다.

그러나 강윤수는 대답 없이 술병을 허리춤에 걸었다. 그는 천천히 걸어가 바닥에 놓인 보주를 손가락으로 건드렸다.

그리고 말했다.

"끝없이 황폐한 사막을 걸어온 자는 작열하는 화염 끝에서 마침내 영원한 신기루로 돌아갈 것이다."

이그누스 드래곤의 글귀를 약간 변형한 말이었다.

그 순간 바닥에 놓인 보주에 금이 가기 시작했다. 구슬은 붉은 광채를 쏟아냈다.

헤르미야와 경비병은 황급히 물러났다.

눈부신 빛이 주변을 장악하더니 커다란 그림자가 맹약의 보주로부터 솟아올랐다.

"이 자리에 힘의 조각을 물려받을 자가 있음이 느껴진다."

용아병.

붉은 용과 성인 남성을 뒤섞은 형상의 생김새였다. 거친 비늘이 온몸을 감싸듯 돋아나 있었다. 덩치는 4미터는 될 법하며, 전체적으로 근육이 골고루 퍼진 몸집이었다.

커다란 손아귀에는 굵은 창이 쥐어져 있었다.

「이그누스 드래곤의 용아병(분신)이 출현했습니다.
용아병의 시험을 통과하면 선택된 자의 보상을 받을 수 있습니다.
시험을 통과하지 못하거나 포기하면 용아병의 분노를 마주해야 합니다.」

"지고한 존재의 잠재력을 물려받고자 하는 것이 그대인가."

강윤수는 대답하지 않았다.

그러나 용아병은 커다란 창을 곧추세웠다.

"나, 이그누스 드래곤의 용아병이 그대를 시험하겠다. 나의 시험을 통과해야만 위대한 힘의 조각을 얻을 수 있으리니."

용아병은 허공에 창을 가볍게 휘둘렀다.

부웅-

조금 흔들었을 뿐인데도 대기를 가르는 소리가 사나웠다. 멀리서 지켜보는 헤르미아와 경비병은 마른침을 삼켰다.

팔락.

허공에서 붉은 천이 너풀거리며 내려왔다. 자연스레 내려온 그것은 강윤수의 두 눈을 감쌌다. 창날을 겨누며 용아병은 말했다.

“그대여, 두 눈을 가린 채 나를 상대하라. 마법이든 인형이든 무엇으로 싸워도 좋다. 나를 쓰러뜨린다면, 그대를 인정하겠다. 물론 연습의 시간은 주겠다.”

지켜보던 두 사람은 경악했다. 저토록 강인한 용아병을 앞도 보지 못한 채 상대하라고? 그 어떤 검술 고수라도 불가능할 것만 같았다. 그야말로 전투에 통달한 자만이 통과할 수 있는 시련이었다.

“잠깐.”

안대를 쓴 강윤수가 오른손을 내밀었다. 창날을 올리던 용아병이 멈칫했다. 그사이 강윤수는 위스키 마개를 따버렸다.

헤르미아와 경비병의 눈에 호기심이 뒤섞였다. 왠지 저 남자라면 뭔가 대단한 짓을 벌일 것만 같았다. 과연 저 위스키로 무슨 기행을 벌일까?

꿀꺽. 꿀꺽.

강윤수는 위스키를 쉼 없이 삼키기 시작했다. 단번에 그 독한 술 한 병을 비워 버렸다. 강윤수는 빈 병을 내버리곤 등에 멘 마체테를 꺼내 쥐었다.

“연습 필요 없으니 시작해.”

헤르미아와 경비병은 경악한 표정을 짓더니 서로 마주 보았다.

“저 위스키, 그냥 자기가 마시고 싶어서 가져오라고 한 거였니?"

"앞도 못 보면서 술까지 마시고 싸우는 건가요?"

황당하다 못해 어이가 없을 지경이었다. 두 사람의 눈에 강윤수는 목숨 내버리려고 작정한 것처럼 비춰졌다.

용아병이 불쾌한 표정을 지었다.

"나는 전력을 다해 싸울 것이다. 자칫 그대는 목숨을 잃을 수도 있다. 그렇게 나를 이길 확신이 있단 말인가?"

"어."

"그대여, 오만하구나!"

용아병의 첨예한 창날이 강윤수의 몸을 훑듯이 치고 들어왔다.

강윤수는 호흡을 가다듬었다.

짧은 순간, 그는 발을 떼었다. 그의 몸놀림은 깃털처럼 가벼웠다. 창날은 간발의 차이로 강윤수에게서 빗나갔다.

용아병은 한 손으로 창대를 바꿔 쥐더니 그대로 돌려 길게 휘둘렀다. 강한 풍압이 창날을 따라 휘감겼다.

휘익-!

강윤수는 곧장 자세를 낮추고 창의 궤적을 피했다. 앞을 못 보는 자라곤 믿기지 않는 동작이었다.

투구 속 경비병의 눈동자가 커졌다.

"사실 그다지 취하지 않은 걸까요?"

"글쎄, 그렇더라도 맹인도 아닌 자가 저런 몸놀림을 보인다는 것이 놀랍기만 하구나."

헤르미아는 벌어진 입을 가리는 것조차 잊고 눈앞의 싸움을 지켜보았다. 용아병의 창날이 지나갈 때마다 새빨간 소용돌이가 치는 것 같았다.

모든 동작을 예상하기라도 한 것처럼 강윤수는 공격을 가볍게 피해갔다. 그러나 용아병 역시 지치지 않고 창을 세차게 내찌르고 휘저었다.

어깨너머로 아슬아슬하게 창날이 스친 뒤, 회피만 하던 강윤수가 갑작스레 마체테를 힘차게 쳐올렸다.

챙―!

용아병의 창과 커다란 마체테가 맞부딪혔다. 가벼운 방어자세를 취한 용아병은 감탄을 금치 못했다.

"그대여, 훌륭하다! 오만함이 아니라 자신감이었군. 눈을 가리고도 이토록 정교한 검술이라니."

검사로서 할 수 있는 최상의 극찬이었다. 강윤수는 대답하지 않고 마체테를 이어서 휘둘렀다. 휘두를 때마다 손에 감긴 힘이 응축되어 터졌다. 용아병도 날카로운 눈썰미로 연이어 방어했다.

챙―! 챙―! 챙―!

대검과 창이 몇 번이고 부딪혔다. 칼날과 창날이 부딪칠 때마다 불티가 날렸다. 그러나 정면으로 맞부딪힌 것은 아니었다.

강윤수의 대검은 용아병의 힘을 흘려낼 뿐, 정면 승부는 계속해서 피해 갔다.

"그대의 기술은 흠잡을 것이 없다. 하지만 힘은 가소롭기 짝이 없구나!"

용아병은 창을 역수로 쥐더니 갑자기 내리꽂았다. 누구도 예상 못 했을 갑작스러운 동작이었다. 그러나 강윤수는 두 동강 나는 대신 비스듬히 대검으로 일격을 흘려냈다.

상대의 동선을 정확히 예측한 방어 동작이었다. 공격과 방어를 나눈 뒤 강윤수와 용아병은 서로 물러났다.

용아병은 호기롭게 웃었다.

"재미있군! 참으로 흥미롭다! 그대처럼 매서운 솜씨를 지닌 전사는 내 일생에서 다시는 만나지 못할 것이다. 그대의 장래가 기대되는구나!"

헤르미야와 경비병은 마른침을 삼켰다. 이그누스 드래곤의 용아병이 저토록 극찬을 하다니. 강윤수는 겉으로 보기보다 훨씬 뛰어난 실력을 겸비한 전사였다.

그러나 안대를 착용한 강윤수는 조금의 위협도 느끼지 못했다. 보이지 않아도 느낄 수 있었다. 검의 궤도, 용아병의 움직임, 주위의 숨소리까지.

강윤수는 대검을 도로 메었다.

용아병이 눈가를 꿈틀거렸다.

"그대여, 시험을 포기하는 것인가?"

"아니."

짧게 대답한 뒤 강윤수는 오른손을 내뻗었다.

"스켈레톤 78마리 소환. 자이언트 홉고블린 좀비 소환."

새카만 어둠이 피어오르더니 언데드 군단이 소환됐다. 훤한 대낮의 언데드 무리는 소름이 절로 끼쳤다.

용아병이 의아한 눈짓을 보냈다.

"그대를 검사라고 여겼거늘, 네크로맨서였나?"

강윤수는 질문을 무시했다.

그는 저편의 용아병을 가리켰다.

"죽여라."

"카아아!"

스켈레톤 군단이 무기를 내세우며 용아병에게 달려들었다.

용아병은 창을 길게 휘둘렀다.

근처에 서 있던 스켈레톤들이 무참히 조각나 부서졌다. 자이언트 홉고블린 좀비가 돌진해 용아병의 어깨를 깨물었다. 선혈이 터져 나왔다.

강윤수는 멀리서 그들을 향해 서 있었다.

앞도 보이지 않을 터인데 그의 시선은 정확히 용아병을 향했다. 그는 품에서 암철비수를 꺼냈다. 일전 살해한 시체로부터 주웠던 것이다.

강윤수는 한 발 내딛더니 2개의 비수를 동시에 날렸다. 스켈레톤의 갈비뼈 사이를 뚫고, 홉고블린 좀비의 어깨를 스쳐,

허공을 가른 뒤에야 비수 2개가 용아병에게 닿았다.

양쪽 눈동자로부터 피가 터져 나왔다. 앞이 보이지 않는 사람이라곤 믿을 수 없는 투척 실력이었다. 엄청난 고통이 느껴졌을 테지만 용아병은 이를 악물 뿐, 비명을 참아내었다.

그러나 시력에 문제가 생겼음이 분명했다.

안대를 쓴 강윤수가 말했다.

"이제 같은 조건이군."

"간악하지만…… 훌륭하다. 그대여!"

용아병은 창을 곧추세우곤 괴성을 내지르며 돌격했다. 순식간에 스켈레톤 12마리가 창날의 파괴력에 부서져 버렸다.

하지만 그뿐이었다.

앞이 보이지 않자, 용아병은 갈피를 잃고 말았다. 뒤에서 기습한 스켈레톤들에 의해 등으로부터 무수한 상처가 생겨났다.

"꺼져라!"

용아병은 창을 거칠게 내찔렀다.

그러나 창날은 허공만을 갈랐다. 앞이 보이지 않는다는 사실 하나만으로도 용아병은 전투력을 완전히 잃고 말았다.

용아병의 사방은 그저 어둠일 뿐이었다. 그러나 같은 상황 속에서 강윤수는 놀랍도록 정교한 검술을 펼쳐왔다. 둘의 극명한 실력 차이가 대조되는 순간이었다.

언데드 군세에 의해 용아병의 상처는 점차 늘어갔다.

강윤수는 마체테를 쥐고 달렸다. 앞이 보이지 않음에도 질

주하는 그의 진로는 정확했다. 시력을 잃고 헤매는 용아병의 가슴을 향해 강윤수는 대검을 내찔렀다.

퍼걱-!

넓적한 대검은 정확히 심장을 관통했다.

「이그누스 드래곤의 용아병(분신)을 쓰러뜨렸습니다.

용아병의 시험을 통과했습니다.

선택된 자는 힘의 조각을 물려받을 수 있습니다.」

실제 이그누스 드래곤의 용아병은 이보다 훨씬 강인했다. 그러나 눈을 가리고 싸워야 하는 시험인 만큼 상대도 약하게 조절된 것이다. 분신이기에 생명억압의 반지의 영혼채집을 사용할 수도 없었다.

시험을 통과하자 용아병의 시체가 소멸했다. 강윤수의 시야를 가린 천 조각도 사라졌다. 굵은 창과 새빨간 빛의 덩어리만이 남았다. 빛의 덩어리는 어마어마한 힘이 축적됐는지 강압적인 위용이 느껴졌다.

「힘의 조각」

등급-??

이그누스 드래곤이 남긴 거대한 힘의 잔재. 선택받은 자만이 물려받을 수 있다.

"이게 이그누스 드래곤이 남긴…… 힘의 조각이군요."

어느새 정신을 차린 헤르미야가 감격한 표정을 지었다. 그녀는 당장에라도 울 듯한 얼굴이었다. 오랜 세월 내려온 레페 일족의 숙명을 마침내 자신의 대에서 마쳐낸 것이다. 강윤수를 지켜보며 헤르미야는 고개를 끄덕였다.

"이제 힘의 조각을 물려받아 주세요. 진정한 자격을 갖춘 자여. 마침내 이 힘이 적임자를 찾아냈군요."

"나는 자격을 갖추지 않았습니다."

"……네?"

강윤수는 힘의 조각을 바라보았다. 근력을 올려주고, 불과 열기에 대한 내성을 길러준다. 불의 온도를 높게 조절할 수도 있다. 또한, 성장할수록 더 많은 힘이 점차 개방된다.

그는 다시 말했다.

"힘의 조각을 가지는 것은 내가 아닙니다."

헤르미야는 당황한 표정을 지었다.

전혀 예상 못 한 대답이었다.

그녀가 더듬거리며 말했다.

"그, 그게 무슨 말씀이시지요? 이그누스 드래곤의 용아병도 분명히 자격을 갖춘 자가 이곳에 있다고 말했는걸요."

강윤수는 잘 보라는 듯 검지를 빛의 덩어리에 가져갔다.

화르륵!

잠깐 닿았을 뿐인데도 거친 불티가 날렸다.

힘의 조각이 강윤수를 거부하고 있는 것이다.

헤르미야는 울 듯한 표정을 지었다.

"다, 당신이 아니라면, 대체 누가 힘의 조각을 물려받는단 말이에요?"

"저 사람."

강윤수는 무심히 검지를 가리켰다.

헤르미야는 고개를 돌렸다. 그녀는 또다시 기절할 듯 놀랐다. 경비병은 당황했는지 검지로 자신의 가슴 중앙을 가리켰다.

"저…… 말입니까?"

"이그누스 드래곤의 선택을 받은 자는, 태생부터 불과 천적 관계를 이루지."

경비병이 불과 악연인 것은 사실이었다.

어릴 적의 화재로 가족을 잃고, 화상 탓에 외모마저 흉하게 변했으니까. 하지만 그것이 이그누스 드래곤의 선택을 받았다는 증표였다고?

강윤수는 빛의 덩어리를 한 손에 담았다. 장갑 끝으로 화염이 작렬하는 찰나 그는 경비병을 향해 그걸 던졌다. 세찬 화염을 휘감은 구가 날아오자 경비병은 화들짝 겁을 먹고 도망치려 했다. 그러나 빛의 덩어리는 자력에 끌린 것처럼 달려와 그녀의 가슴에 충돌했다.

화르륵-!

경비병의 온몸이 불꽃으로 타올랐다. 헤르미야는 상상도

못 한 광경에 얼굴이 창백해졌다. 경비병을 감싼 화염은 더욱 강렬해졌다. 그러나 경비병은 비명조차 지르지 않았다.

화염은 뜨겁지 않았다. 그저 따스한 수준이었다.

타각-

경비병의 투구가 부서져 내렸다.

고운 머리칼이 길게 흘러내렸다.

"세상에!"

헤르미야가 경악하며 소리쳤다.

경비병의 몸을 뒤덮은 화상이 조금씩 사라져 갔다. 검붉은 화상 자국이 사라지고 새하얀 빛깔이 살결을 뒤덮었다. 불을 받아들인 여자는 세상 무엇과 비견될 수 없을 만큼 예쁘고 새하얬다.

그녀의 갑옷도 무참히 깨져 버렸다. 몸을 덮은 모든 천 조각이 불타버렸다. 고치를 뚫고 피어오르는 나비처럼 그녀는 누구보다 화사하고 가녀렸다. 고개를 홱홱 휘젓고 헤르미야가 서둘러 물었다.

"샤네트, 괜찮니?"

"뜨겁지 않아요. 진정할 수 있습니다. 그보다 제발 절 보지 마세요. 다른 곳을 봐주세요. 아무에게도 맨몸을 보이고 싶지 않아요."

경비병, 아니, 샤네트는 차분하려 애를 썼다. 곧 그녀를 감싼 불길이 잦아들었다. 하지만 심장 한구석이 여전히 뜨거웠다. 맨몸을 드러냈다는 부끄러움보다, 흉한 자신을 내비쳤다는 수치심이 더 강했다.

샤네트는 황급히 몸부터 가리려 했다. 흉측한 자신을 보이고 싶지 않아서였다. 양손으로 몸을 어루만졌을 때였다.

"어……?"

화상 자국이 만져지지 않았다. 샤네트는 눈을 크게 뜨더니 자신의 몸을 살폈다. 입고 있던 옷은 전부 타버렸고 새하얀 나신이 드러났다. 부끄러움을 느낄 새도 없었다. 목덜미로부터 발가락 끝까지 나 있던 화상 자국이 깨끗이 없어졌다.

그녀는 덜덜 떨리는 손으로 뺨을 훑었다. 곱고 매끄러운 피부가 만져졌다. 화재를 겪은 이후로 피부가 이토록 부드러웠던 적은 단 한 번도 없었다.

샤네트가 너무 놀라 어쩔 줄 모르는 새에 강윤수가 다가왔다. 그는 품에서 손거울을 꺼내 그녀에게 내밀었다. 얼결에 샤네트는 손거울을 바라보았다.

거울 너머에 있는 여인도 자신처럼 당황한 것만 같았다.

너무나 오랜만에 보는 얼굴.

오랫동안 잊고 있던 자신이었다. 비록 유독 상처가 심했던 안면의 왼편에는 약간의 화상 자국이 남겨져 있었고, 귓바퀴 뒤편부터 뺨 위편까지 약한 선홍빛의 흉터가 보였지만 원래의 흉측했던 얼굴에 비하면 훨씬 나았다.

샤네트는 떨리는 손으로 입을 틀어막았다. 그저 울먹임이

나오는 것을 막으려 애를 썼다.

"완벽히 고쳐주지 못해서 미안하군."

조금도 미안한 기색이 없는 말투로 강윤수가 말했다.

샤네트가 떨리는 목소리로 물었다.

"제게…… 무슨 일이 벌어진 거죠?"

그는 뭘 괜스레 묻느냐는 듯 말했다.

"예뻐졌지."

어이가 없을 정도로 무심하고 짤막한 대답이었다.

샤네트는 의문을 떨쳐 버릴 수 없었다.

"왜 굳이 처음 보는 저를 위해 이런 호의를……?"

"나는 손해 보는 짓 안 해."

강윤수는 말했다.

그의 눈길은 이전과 전혀 다름이 없었다.

"너는 이제 나와 동행해야 한다."

4장
너에게는 부모가 없다

켈린 영지의 외딴 공방.

헤르미야의 허가를 받고 이곳을 이용하기로 했다. 강윤수는 배낭에 있는 원석들을 모조리 선반 위로 쏟아냈다.

그러곤 종류에 따라 분류했다.

금광석 23개.

강화 원석 14개.

미스릴 원석 6개.

월광석 4개.

공방의 제작 도구는 낡았으나 가마의 설비는 훌륭했다.

강윤수는 틀마다 원석을 종류별로 넣고 철가마를 뜨겁게

달구었다. 원석들이 흐물흐물하게 반고체로 녹아들었다. 강윤수는 광물을 불순물 없이 깨끗이 정제했다. 곧이어 말끔하게 제련된 가공물이 완성됐다.

금괴 12개.
강화석 5개.
미스릴 주괴 2개.
월장석 1개.

쏟아 넣은 원석 양과 비교하면 굉장한 성과였다. 특히 월장석은 무척 정제하기 까다로운 광물이었다. 월장석은 은은한 달빛을 내뿜었다. 그만큼 강윤수의 정제 기술이 훌륭했던 것이다.

「뛰어난 손재주로 놀라운 결과물을 도출해 냈습니다.
새로운 스킬, 광물제련이 생성됩니다.」

「광물제련」
스킬 레벨-Lv1(00.00%)
광물을 깔끔히 제련해 불순물 없이 정제한다.

새로운 스킬이 생성되었다. 본래 행동이 스킬 획득으로 이어지기란 쉽지 않다. 끈질기게 달려들거나 막대한 결과를 이뤄내야만 스킬 획득의 길로 이어진다. 강윤수는 제련된 광물을 배낭에 도로 집어넣었다.

그는 마체테를 꺼내 들었다. 용아병과의 전투 이후 검은 이가 빠져 있었다. 그는 마체테를 용광로 내부에 넣었다. 새빨갛게 검신이 달궈지자, 그것을 꺼내서 모루 위에 올렸다.

강윤수는 넓적한 검날에 쇠망치를 두드렸다. 그는 인내심 있게 오랜 시간 망치질을 했다.

캉-! 카앙-!

강윤수는 망치질이 끝난 대검을 찬물에 차게 식혔다.

「강철 마체테가 더욱 단단해졌습니다.」

「뛰어난 손재주로 놀라운 결과물을 도출해 냈습니다.
새로운 스킬, 장비손질이 생성됩니다.」

「장비손질」

스킬 레벨-Lv1(00.00%)

장비의 성능을 올리거나 수리해 복구한다.

곧이어 강윤수는 거친 숫돌에 대고 대검을 갈았다.

그 어떤 스킬보조 효과도 없었으나 그의 손놀림은 능숙했다.

그는 오랫동안 칼날을 갈았다.

「강철 마체테의 공격력이 훌륭한 수준까지 올랐습니다.」

「장비손질의 스킬 레벨이 올랐습니다.

담금질, 수리할 때 손놀림이 한결 빨라집니다.」

예리하고 단단해진 마체테를 선반 위에 올려두었다. 강윤수는 배낭에서 강화석 5개를 꺼냈다. 푸른빛을 내뿜는 독특한 보석. 강윤수는 망치를 들고 강화석을 사정없이 부쉈다.

카그작!

깨진 보석으로부터 푸른 기운이 솟아올라 망치에 흡수되었다. 쇠망치의 단면이 시퍼런 광휘를 내뿜었다. 강화석의 정기를 흡수한 망치로 장비를 세게 두드리면 성능을 높일 수 있다.

칼날을 두드리면 공격력이 오르고, 칼자루를 두드리면 착용감, 검신 끄트머리를 두드리면 관통력이 향상하는 식이었다. 하지만 힘이나 속도 조절에 실패하면 강화는 어김없이 실패하고 만다.

그런 장비는 공격력이나 내구도가 크게 감소해 폐기되는 경우가 대부분이었다. 모든 장비 아이템은 15번까지 강화가 가능했고, 더 강하게 강화할수록 성공 확률이 낮아졌다.

강화사 클래스의 경우는 고유스킬 '장비강화'로 강화석 없이 장비강화가 가능해 좀 더 유리한 편이었다.

강윤수는 주저 없이 마체테를 망치로 내려쳤다.

캉캉-! 캉-! 캉카앙-!

다섯 번의 휘두름이 끝났다.

「강철 마체테의 강화가 성공했습니다.」
「강철 마체테의 강화가 성공했습니다.」
「강철 마체테의 강화가 성공했습니다.」
「강철 마체테의 강화가 성공했습니다.」
「강철 마체테의 강화가 성공했습니다.」

결과는 대성공.

강윤수는 마체테의 성능을 재확인했다.

「강철 마체테」

등급-일반

공격력: 29

견고함: 4

질 좋은 강철로 만들어진 대형 마체테.

14였던 공격력이 2배가 넘게 올랐다. 거기다 새로운 능력치 견고함이 추가되었다. 숫돌에 갈고 담금질하고 강화를 한 것만으로도 무기의 공격력이 크게 상승했다.

평범한 대장장이였다면 지금의 결과에 만족하고 망치를 거두었을 것이다.

그러나 강윤수는 그러지 않았다. 본격적인 작업은 지금부터였다.

"실례합니다."

강윤수는 고개를 돌렸다.

어둑어둑해진 밖으로부터 적갈색 머리칼을 흐트러뜨린 여자가 서 있었다.

샤네트였다.

그녀는 살결이 잘 드러나는 원피스를 입고 있었다. 투구를 쓰던 때보다 훨씬 자연스러웠다. 강윤수가 자신을 계속 바라보자 샤네트는 애써 시선을 돌렸다.

"제가 입은 게 아니라 헤르미야 님이 멋대로 입히신 겁니다."

샤네트는 잘 익은 사과 파이가 놓인 접시를 내밀었다.

"헤르미야 님이 가져다 드리라고 하셨습니다."

강윤수는 자연스레 접시를 받아들이곤 파이 한 조각을 씹었다. 잘 익힌 파이는 촉촉한 과즙이 적셔져 있었다. 파이를 한입 물자 바삭한 식감이 올라왔다. 그러나 강윤수는 아무런 맛도 느끼지 못했다.

"저기……."

문득 강윤수가 고개를 들었다.

샤네트가 머뭇거리더니 약간 뺨을 붉히곤 말했다.

"실은 감사 인사를 꼭 전하고 싶었습니다."

그녀는 무척 부끄러운지 시선을 약간 낮춘 채로 말했다.

“강윤수 님이 아니었다면 저는 아직도 화상투성이였을 테니까요. 강윤수 님은 정말 저의 은인이십니다. 화상 자국이 없어지니 다른 사병들이 절 보는 시선도 달라졌고. 낯설긴 하지만 살결이 드러나는 옷도 무척 기분이 좋습니다. 음, 그리고 또…….”

“이거면 됐어.”

“예?”

강윤수는 파이 한 조각을 더 베어 물었다.

“헤르미야가 시킨 게 아니라, 네가 직접 만들어서 가져온 거잖아.”

“에, 네, 예?”

샤네트의 얼굴이 금세 달아올랐다.

“어, 어떻게 그걸……?”

그녀가 당황해 말을 더듬거렸다. 강윤수는 그녀를 물끄러미 바라보았다. 샤네트의 화상은 거의 사라졌지만 얼굴 왼편의 흉터만은 그대로였다.

‘아무리 해도 저건 못 지웠었지.’

저것은 이그누스 드래곤이 남긴 불의 증표였다.

과거의 삶에서 저 화상 자국을 깨끗이 지우려고 해봤지만, 그럴 수 없었다.

힘의 조각을 물려받는 자가 감수해야 할 증표는 어떤 마법이나 의술로도 지울 수 없었다.

'역시 이번에도.'

갑자기 강윤수가 일어나더니 샤네트의 어깨를 붙잡았다.

샤네트가 당황한 표정을 짓자 그가 말했다.

"앉아."

얼결에 샤네트는 사각 의자에 앉았다.

강윤수는 공방 귀퉁이에서 가위를 가져왔다. 샤네트는 확실히 미녀였지만, 머리칼이 풍성하다 못해 산발이었다.

그녀는 두 눈을 크게 뜨더니 손사래를 쳤다.

"머리칼은 자르실 필요 없습니다. 전 이대로가 좋아요!"

"난 미쳤어. 남의 말 안 들어."

이상한 대꾸를 날리더니 강윤수는 가위로 붉은 머리칼을 거침없이 잘라내기 시작했다.

샤네트는 저항하려다가 곧 울상을 짓고 그만뒀다. 괜히 도중에 그만뒀다간 더 해괴한 머리 모양이 될 것만 같았다.

잠시 후 강윤수가 가위를 제자리로 던져 버렸다.

"끝났어."

샤네트는 망설이다가 물이 찬 양동이를 바라보았다.

자신의 얼굴이 물에 반사되어 보였다.

"……어?"

생각보다 훨씬 괜찮았다. 아니, 오히려 무척 마음에 들었다! 귀족가의 영애나 할 법한 머리 모양새였다. 산발이었던 머리는 앞머리가 깔끔해졌고 그녀의 큰 눈동자가 올곧게 드러났다.

여전히 장발이었으나 전보다 훨씬 자연스러웠다. 왼편 귓바퀴에서 뺨까지 이어진 화상 자국이 완벽히 가려지진 않았으나 머리칼 끄트머리에 절묘하게 가릴 수 있었다.

너무 기뻤다.

샤네트는 발그레해진 뺨을 양손으로 꾹 눌렀다.

"이런 머리 모양은 제게 너무 과분하지 않나요?"

"아니."

무심히 대답하곤 강윤수는 사과 파이 한 조각을 입에 물었다. 접시에 놓여 있던 사과 파이는 금세 사라져 있었다.

샤네트가 놀란 얼굴로 말했다.

"더 구워 올까요?"

"아니."

무심하고 짤막한 대답이었으나 이상하게도 샤네트는 별로 기분이 상하지 않았다.

왜 그럴까?

강윤수는 한껏 날카로워진 마체테를 양손으로 쥐었다. 바닥에 일자로 눕혀둔 굵은 창을 바라보았다.

용아병의 분신이 흘리고 간 창. 현재는 쇠경첩으로 단단히 고정해 둔 상태였다.

「용아병의 창」

관통력: 43

이그누스 드래곤의 이빨로 만들어진 창. 꺼지지 않는 드래곤의 숨결이 담겨 있다. 용아병이 평생 벗으로 삼고 휘두르는 무기다.

강한 관통력을 지닌 창.

그러나 너무 크고 무거워 인간인 강윤수가 쓰기에는 무리였다. 마체테를 높이 쥐고 강윤수는 창의 자루 막대를 힘껏 내려쳤다.

터걱-!

창날과 자루가 나뉘었다.

강윤수는 용아병의 창날을 뜨겁게 달아오른 철가마 속으로 집어넣었다. 그러자 신기하게도 철가마의 온도가 한층 강렬해졌다. 창날 내부에 담긴 드래곤 숨결이 철가마 안에 퍼진 것이다.

강윤수는 샤네트를 돌아보았다.

"도와줘."

"제가요?"

샤네트는 두 눈을 동그랗게 떴다.

"어쩌죠? 대장장이 일은 잘 모르는데요."

강윤수는 고개를 천천히 가로저었다.

“장비를 만들려는 게 아니야.”

그는 손가락에 낀 흑색 반지를 만지작거렸다.

최후의 네크로맨서 나크론이 남긴 유일 등급 아이템.

생명억압의 반지.

4번 사용 가능한 영혼채집 스킬과 별개로 다른 하나의 성능이 존재했다.

정령창조 스킬.

“지금 정령을 창조할 거야.”

“네……? 정령을 만든다구요?”

샤네트는 자기가 잘못 들었나 하고 고개를 갸웃거렸다.

반면 강윤수는 표정 없이 고개를 끄덕였다.

정령을 만든다니? 정령과 교감하고 힘을 빌리는 정령사라면 몰라도, 일개 인간이 정령을 창조해 낸다는 이야기는 들어본 적도 없었다.

쉽사리 믿기 어려웠으나 샤네트는 순응하기로 했다. 무엇보다 평생 우울함으로 자리 잡았던 화상 자국을 지워준 그였다. 무엇이든 강윤수를 반드시 도와주고 싶었다.

“제가 무엇을 도와드리면 될까요?”

강윤수는 불이 치솟는 쇠가마를 가리켰다.

“들어가.”

하늘이 새까맣게 변색했다.

자정을 향해 달려가는 시각.

외딴 공방 안에 두 남녀가 은밀한 행위를 벌였다.

샤네트는 긴장했는지 침을 삼키고 원피스를 벗었다. 아직 자신조차 적응되지 않은 곱고 하얀 살결이 훤히 드러났다. 가슴골과 허벅지는 매끄러워 윤기가 흐르는 것만 같았다.

그녀가 부끄러운지 시선을 휙 돌렸다.

"보지 마세요."

"싫어."

"네?"

강윤수는 무심한 얼굴로 말했다.

"싫다고."

"네에?"

"고개 돌리기도, 눈감기도 귀찮아."

샤네트는 새빨개진 얼굴로 그를 노려보았다. 그녀는 입술을 꼭 깨물고 살짝 분한 표정을 짓더니 용광로를 향해 발을 살며시 내밀었다.

뜨겁지 않았다. 기껏해야 온탕 수준. 힘의 조각을 받은 이후, 샤네트는 자연스레 열에 대한 내성이 생겨났다. 웬만한 불길은 뜨겁게 느껴지지도 않았다.

그녀는 조심스레 커다란 쇠가마로 들어섰다. 헐벗은 샤네트가 용광로 중심에 들어서자 사나운 불길이 그녀의 몸을 감쌌다. 그러나 화상은커녕 머리카락 한 올 타지 않았다.

"불을 세게 해."

가마 밖에서 강윤수가 말했다.

불을 다루는 법은 당연히 몰랐다.

그러나 이상하게도 샤네트는 알 수 있었다. 체내에 깃든 힘의 조각이 무엇을 해야 할지 알려주었다.

"후우. 흡."

그녀는 깊게 호흡했다. 손을 가느다랗게 휘저었다. 정신을 강하게 집중했다. 그러자 놀라운 일이 벌어졌다.

과거 트라우마이자 두려움의 대상이었던 불꽃이 친숙하게 느껴졌다.

불이 자신이었고, 자신은 불이었다. 그녀 주위로 불그스름한 불꽃이 더해져 화기가 강해졌다.

화르륵-!

덜커덕! 덜컥!

너무 높아진 열을 버티지 못하고 쇠가마가 뒤흔들리기 시작했다.

강윤수는 생명억압의 반지를 만지작거렸다.

실피아 대륙에는 4종류의 정령이 존재한다.

불의 정령 샐러맨더.
얼음의 정령 아이시클.
빛의 정령 브라이트.
검의 정령 샤프니스.

강윤수가 창조하려는 정령은 샐러맨더였다. 정령을 창조하기 위해선 먼저 그 육신을 이룰 원료를 마련해야 한다. 원료는 정령창조의 가장 중요한 요소였다. 원료의 질에 비례해 창조된 정령의 강함이 결정되기 때문이다.

샐러맨더 창조에 필요한 원료는 드래곤의 숨결이었다. 용아병의 창날을 쇠가마에 넣긴 했지만, 진짜 드래곤 숨결에 비하면 촛불만도 못한 수준이다. 그래서 샤네트가 쇠가마 내부에 들어가 화기를 더욱 높게 달궜다.

재료의 밑바탕을 강화하기 위해서였다. 쇠가마 안에서 샤네트가 신음을 흘렸다.

"이 정도 온도면 될까요?"

"더."

샤네트가 정신을 집중하자 화력이 더욱 강렬해졌다.

쇠가마가 당장에라도 터질 듯이 뒤틀렸다.

"아직도 부족한가요?"

"더."

"하으으읏!"

넘친 열이 바깥으로 흘러나왔다. 강윤수까지 얼굴이 따끔거릴 지경이었다. 하지만 그는 만족하지 않았다.

그는 인내심 있게 기다렸다. 곧 가마 안에 있던 내부 기관 중 하나가 열을 견디지 못하고 작게 폭발했다.

콰강!

"꺄악!"

"괜찮아."

무감정한 강윤수의 말은 샤네트에게 조금도 위안이 되지 못했다. 온도가 최고조까지 달아올랐다. 이젠 쇠가마의 일부가 녹아내리기 시작했다.

샤네트는 당황했다.

그녀에게도 이 정도 온도는 뜨거웠다. 몹시 뜨거워 참기 어려울 정도였다. 그녀는 도저히 참지 못하고 쇠가마의 철문을 향해 손을 내뻗었다.

덜컥.

철문은 열리지 않았다. 열기 탓에 문고리가 녹아버린 것이다. 주먹으로 철문을 칠 기력조차 남아 있질 않았다.

터거걱!

철문으로부터 소음이 들려왔다.

콰직-!

강윤수의 대검이 반쯤 녹은 철문을 부수었다.

강윤수는 손을 내뻗어 그녀의 어깨를 붙잡고 밖으로 끌고 나왔다. 장갑이 불타고 그의 손바닥이 탔지만, 강윤수는 별반 반응이 없었다.

"콜록! 콜록!"

샤네트는 별안간 기침했다.

공방의 밀폐된 공기마저 차갑게 느껴졌다. 강윤수가 그녀를 세게 끌어안았다. 그러자 조금이나마 몸이 따스해졌다. 강윤수는 겉옷을 벗어 샤네트에게 덮어주었다.

"이, 이 정도면 괜찮은가요?"

"어."

그 순간, 빛이 강렬히 터져 나왔다.

열을 이겨내지 못한 쇠가마가 마침내 폭발하려는 것이다. 쇠의 파편이 사방으로 튀려는 순간, 강윤수는 흑색 반지를 낀 오른손을 내밀었다.

"정령창조, 샐러맨더."

콰아아앙-!

결국 쇠가마가 폭발했다.

벌겋게 달아오른 파편이 사방으로 튀었다.

그러나 강윤수 쪽으로는 단 하나의 파편도 날아가지 않았다. 새까만 연기가 자욱하게 번졌다.

"아!"

샤네트가 놀란 얼굴로 감탄했다. 용광로 안에 있던 불꽃이 하나로 뭉쳐졌다.

온화한 열기였다.

난폭하게 요동치는 화염을 감싸고 어루만진 화염이 허공에 둥글게 뭉쳐 있었다. 겉모양은 태아와 흡사했다.

「불의 정령 샐러맨더의 성별을 정해 주십시오. 남성 샐러맨더는 강한 힘을 지녔으나 난폭합니다. 반면 여성 샐러맨더는 높은 마력을 지녔지만 고집이 셉니다.」

「창날에 담긴 드래곤 숨결이 불완전합니다. 선택권 없이 정령의 성별이 여성으로 정해집니다.」

응축된 태아는 불꽃의 파도를 일구어냈다.

찬란한 빛 속에서 새로운 생명이 빚어지기 시작했다.

「드래곤 숨결이 너무 미약합니다. 정령의 나이가 어려집니다. 몸집이 작아집니다. 힘이 하락합니다. 힘 -47」

「샤네트의 온정이 정령의 영혼을 강하게 합니다. 마력 +4」

「드래곤 숨결과 힘의 조각이 적절히 조화를 이루었습니다. 화력 +12」

「정령은 한 종류에 하나만 창조할 수 있습니다. 샐러맨더 창조 기회가 소멸됩니다.」

이윽고 형체는 완전히 이루어졌고 붉은 광채가 아름답게

빛났다. 주홍빛 머리칼을 가진 소녀가 잿더미 위로 툭 떨어졌다.

"아이코."

잿더미에 얼굴을 처박은 소녀가 아푸아푸 거렸다.

「불의 정령 샐러맨더를 창조했습니다.

소환계에 두었다가 필요할 때 불러낼 수 있습니다.

추운 곳에서 불러내면 화를 낼지도 모릅니다.

샐러맨더는 인간과 도롱뇽 두 가지 형태로 변화할 수 있습니다.」

샤네트는 놀란 표정으로 소녀를 바라보았다.

저 여자애가 정령?

보통 정령은 모습을 드러내지 않고 힘을 빌려주는 요정 같은 존재라고 들었다. 여자아이는 불로 짜인 옷을 입었을 뿐 인간 소녀와 흡사했다.

강윤수는 걸어가 잿더미에 처박힌 소녀를 번쩍 들어 올렸다. 저녁 석양보다 붉고 아름다운 소녀였다. 기껏해야 10살 정도의 외모였다.

샐러맨더는 어딘가 맹한 표정으로 강윤수를 바라보았다.

"엣취."

소녀가 재채기하자 강윤수는 적절히 고개를 돌려 침을 피했다. 불의 정령은 추운지 코를 훌쩍였다. 강윤수는 소녀의 얼굴에 묻은 재와 콧물을 닦아주었다.

그러자 소녀가 처음 입을 열었다.

"……아빠?"

"나는 네 아빠가 아니다."

강윤수는 무표정하게 대꾸했다.

샐러맨더는 조금 불안한 표정을 지었다. 소녀는 황급히 주변을 살피더니 샤네트를 바라보았다.

"……엄마?"

"샤네트는 네 엄마가 아니다."

그러자 예쁘장한 소녀는 울상을 지었다. 금방이라도 울 것처럼 눈망울이 그렁그렁해졌다.

"아빠. 엄마. 나 없어?"

"그래, 너에게는 부모가 없다."

강윤수는 무미한 어조로 말했다.

"너는 내가 만들어낸 생명체야. 그런 거 없어."

"으아아앙!"

……막 태어난 애를 울렸다.

정령의 슬픔은 재앙을 불러왔다.

샐러맨더는 눈물을 잔뜩 흘렸는데, 그것은 액체가 아니라 뜨거운 고열이었다. 불가루가 주변으로 빠르게 흩날렸다. 방금 폭발의 여파로 너덜너덜해진 공방이 잔해마저 타오를 듯 불길이 거세졌다. 탄생한 지 얼마 되지 않은 정령이었기에 화력 조절이 미숙한 탓이었다.

"으아아앙!"

"받아줘."

강윤수가 엉엉 우는 소녀의 허리를 붙들고 샤네트에게 내밀었다. 그녀는 얼결에 정령을 받아 안았다. 샤네트가 당황한 표정을 짓자 강윤수 턱 끝을 흔들었다.

"달래줘."

"강윤수 님이 울리셨잖아요! 그런데 왜 저한테……?"

"난 우는 애 달랠 줄 몰라."

샤네트는 강윤수를 째릿 노려보았다.

"저도 달랠 줄 모르는데요?"

"그럼 영지 타는 꼴 보던가."

"……나쁜 사람."

샤네트는 지금껏 애를 달래본 경험이 전혀 없었다. 마을 아이들은 다가가기만 해도 그녀의 흉측한 얼굴을 보고 울거나 놀려 대기 일쑤였으니까.

그사이 불길은 점점 더 퍼져 갔다.

힘의 조각을 얻은 샤네트야 괜찮았지만, 자칫하면 영지로 화재가 퍼질지도 몰랐다. 샤네트는 다급한 나머지 생각나는 대로 소리쳤다.

"……애! 울지 마. 내, 내가 엄마 해줄 테니까!"

소녀는 갑작스레 울음을 뚝 그쳤다. 공방을 감싸던 불길도 잦아들었다. 소녀가 훌쩍이며 물었다.

"……엄마?"

"아니, 나는 아직 아이를 가지기에는 이른……."

"으아아앙!"

정령이 울자 불꽃이 다시금 퍼졌다.

샤네트는 당황해 말했다.

"아, 알았어. 그럼 내가 너의 엄마가 되어줄게. 잠깐은."

"……훌쩍! 정말?"

"응…… 정말."

"와아!"

그제야 소녀는 울음을 그치고 배시시 웃었다. 예쁘고 순수한 미소였다. 이렇게 환히 웃는 아이를 보니 도저히 뱉은 말을 취소할 수 없었다.

"엄마, 나, 내려줘."

"그래."

소녀는 내려와 두 발로 서더니 샤네트의 허리를 꼭 끌어안았다. 단순한 포옹이었지만 샤네트는 상당히 놀랐다. 헤르미야가 아닌 다른 사람과 이토록 깊이 포옹을 했던 적이 대체 언제였더라?

그녀에게서 얼굴을 딱 떼고 푸하– 숨을 쉰 소녀는 밝게 미소 지었다.

"난 엄마 좋아! 사랑해!"

소녀는 순수하게 웃더니 샤네트의 뺨에 앙증맞은 입술을 맞추었다. 너무나 사랑스러운 아이였기에 샤네트는 괜스레 당황스러웠다.

샐러맨더는 샤네트의 외투를 꾹 잡아당겼다.

"엄마, 나 이름 지어줘."

"이름을 말이니?"

샤네트는 당황했다.

일평생 쓸 이름을 자신 같은 사람에게 지어달라니? 갑자기 생각을 해보려니 괜찮은 이름이 그다지 잘 떠오르지 않았다.

그때 강윤수가 나지막이 말했다.

"샐리."

누가 봐도 샐러맨더에서 따온 이름이 분명했다. 지나치게 단조로운 이름이란 생각이 들었지만, 소녀는 고개를 크게 끄덕였다.

"그 이름 좋아!"

정령에게 이름을 붙여 주자 단말기에 문구가 떠올랐다.

「샐리」

레벨: 42

종족: 샐러맨더

나이: 유년기

힘: 4

마력: 17

화력: 21

소유스킬: 화염의 진노(Lv1), 불꽃무장(Lv1)

태어난 지 얼마 되지 않은 어린 정령. 순수하고 여린 성격을 지니고 있다. 순진무구하고 보살핌 받는 것을 좋아한다.

강윤수는 인형 같은 소녀를 바라보았다.

샐리.

난생처음 불의 정령을 창조했을 때는 강윤수도 정말 당황했다. 그래서 생각나는 대로 붙여줬던 이름이 샐리였다.

좀 더 나은 이름을 지어줬을 수도 있었겠지만, 결국 샐리란 이름은 지금의 삶까지 이어졌다. 이제까지 용아병의 창날이 아닌 다른 원료로 불의 정령을 창조한 적은 없었다.

그럼 자신이 기억하는 샐리 대신, 다른 자아의 샐러맨더가 생겨나 버리니까.

한 종류의 정령 하나씩만 창조할 수 있기 때문에 그럼 다른 정령은 영영 볼 수 없는 존재가 되어버리고 만다.

'이번에도 멸망룡과의 싸움은 피해가야겠군.'

멸망룡의 주둥이에 샐리의 머리가 뜯어졌던 순간, 얼마나 좌절했던가. 지나온 삶에서도 샐리를 수없이 창조했고, 또한 샐리의 죽음을 수도 없이 보아왔다.

'이번 삶에서도 이 아이의 죽음을 볼 순 없다.'

샐리는 강윤수가 마황을 죽여야 하는 수많은 이유 중 하나였다. 강윤수가 샐리에게 손가락을 까닥였다. 조그만 소녀가 강윤수에게 쪼르르 달려온다.

짧은 순간이었다.

다가오는 소녀가 지나온 삶의 수많은 샐리와 겹쳐 보였다. 일순간 착시가 일어나듯 시선이 비틀렸다.

'……술이 필요해.'

강윤수는 미간을 쓸어내리고 환각을 내쫓았다.

머릿속과 달리 자신이 항상 무감각해지는 이유가 바로 이것이었다. 전생의 잊지 못한 기억들과 질릴 듯한 광경 탓에 정신이 도저히 온전하질 못했다.

"샐리."

"응!"

자기 이름을 듣자 샐리가 주황색 눈망울을 반짝반짝 빛냈다. 강윤수는 진지하게 말했다.

"소환계로 가, 졸려."

"……그럼 샐리 아빠 해줄 거야?"

강윤수는 그 호칭이 마음에 들지 않았다.

정이 들수록 상대의 죽음을 견디기 힘겨워지기 때문이다. 하지만 딱히 반박하기도 귀찮았다.

“어.”

“와아! 샐리는 아빠도 사랑해!”

샐리는 폴짝 뛰더니 강윤수의 뺨에도 쪽 키스했다. 그러곤 흔적도 없이 사라져 버렸다. 강윤수는 별다른 반응 없이 타다만 공방에 곧장 누웠다.

샤네트가 어이없다는 눈길로 바라보자 강윤수가 누운 채로 대꾸했다.

“뭘 봐.”

다음 날 아침, 저택의 대문 앞.

헤르미야는 슬픈 표정으로 샤네트를 끌어안았다.

“오, 샤네트, 어떻게 하니. 이렇게 가까이 있었으면서 난 왜 몰랐을까. 너에게 주어진 숙명이 나보다 훨씬 가혹했단 걸 말이야.”

“괜찮습니다. 할 수 있어요.”

샤네트는 자신 있게 말했다.

강윤수의 제안대로 그녀는 그와 함께 여행을 떠나기로 했다. 힘의 조각은 이그누스 드래곤이 후대를 위해 남긴 보물. 그것을 간직한 이상 샤네트는 켈린 영지에만 있을 수는 없었다.

샤네트는 긴장도 됐지만, 한편으론 설레기도 했다. 언젠가는 반드시 켈린 영지를 벗어나 독립하겠다는 생각을 해왔기 때문이다.

"저는 어렸을 적 켈린에 온 뒤로는 외지에 나가본 적이 없잖아요. 새로운 곳을 바라보고 더 많이 구경하고 싶어요."

"마음 같아선 마차라도 내주고 싶다만…… 안타깝게도 우리 영지의 사정이 여의치 않구나. 먼젓번 교역상인들이 떠날 때 망아지 두 마리라도 남겨둘 걸 그랬어."

"이거면 충분한 걸요."

샤네트는 미소 지으며 손에 익은 배낭을 내보였다.

그 안에는 헤르미야가 직접 담아준 여비와 생필품이 가득 담겨 있었다.

헤르미야는 한참을 울먹이다가 샤네트를 놔주었다.

그녀는 옆에 서 있는 강윤수를 바라보았다.

"샤네트를 잘 부탁해요."

강윤수는 고개를 살짝 끄덕였다.

그리 당부하더니 헤르미야는 슬쩍 샤네트를 바라보았다. 그녀는 활동하기 좋도록 착 달라붙는 바지와 짧은 셔츠를 입고 있었다.

"옷깃이 헤집어졌구나. 잠깐 이쪽으로 오겠니?"

헤르미야는 샤네트를 저택 왼편으로 데려왔다. 그녀는 고개를 돌리며 표정을 진지하게 바꾸었다. 조금 전의 울먹이고 순진하던 분위기와는 사뭇 달랐다.

"샤네트, 저 남자에 대해 어떻게 생각하니?"

"나쁜 사람은 아닌 것 같아요."

"나도 그렇게 느낀단다. 하지만 무언가 수상한 점이 보여."

샤네트는 의아한 표정을 지었다.

"너도 알겠지만 엘프는 무척 오래 산단다. 겉모습은 거의 늙지 않지만 말이야. 때론 외견과 달리 무척 어려 보이는 엘프가 가장 연장자인 경우도 있지. 그래서 우리는 사람을 보는 관점이 인간과는 달라."

헤르미야는 저편의 강윤수를 묘한 눈길로 바라보았다.

"저 남자, 강윤수에게서도 이상하게도 엘프와 비슷한 느낌이 드는구나. 우리처럼 외견은 젊지만 속내는 무척 나이가 든 것만 같아."

"강윤수 님이 수백 년을 살기라도 했다는 건가요?"

"당연히 종족이 인간이니 그럴 리야 없겠지만…… 이상한 위화감이 드는 것은 사실이구나. 그는 아주 오래 살아온 것만 같아. 뭔가…… 우리와는 달라."

샤네트는 헤르미야의 말을 이해할 순 없었지만, 고개를 끄덕였다. 수백 년을 살아온 엘프이니 그녀 자신보다 훨씬 지혜

로울 것이 분명했다.

“혹시라도 저 남자가 의심되거나 목숨이 위험하다고 판단되면 언제든 도망쳐 오렴.”

“아무렴요.”

샤네트는 병사로 지냈던 만큼 보통 여인들보다 훨씬 강했다. 그럴 리는 없다고 생각했지만, 강윤수가 이상한 짓이라도 해온다면 반항할 힘은 얼마든지 충분했다.

헤르미야는 화상 자국이 조금 남아 있는 샤네트의 뺨을 쓰다듬었다.

“세상을 경험하고 오렴. 너는 어디서든 잘할 수 있을 거야.”

“정말…… 감사해요. 헤르미야 님.”

샤네트는 올라오는 슬픔을 참아냈다.

헤르미야처럼 좋은 사람을 다시 만나기는 힘들 것이다.

“잘 가렴. 두 사람의 여정에 언제나 밝은 평안이 함께하길.”

인사를 마치고 두 사람은 북쪽을 향해 걸어갔다. 보리밭을 넘어서자 황무지가 드러났다.

영지 외부를 나설 즈음, 샤네트가 물었다.

“저희는 어딜 가는 건가요?”

“힐레단.”

힐레단은 켈린 영지와 상당히 떨어진 소도시였다. 연금술 클랜 지부가 설치되어 있어 포션이나 조합소가 유명한 곳이기도 했다.

그리고 샤네트는 가장 궁금했던 것을 물어보았다.
“우리 여행의 목적은 뭔가요?”
“다가올 세상의 파멸을 막는 것. 그리고…….”
강윤수는 왼손을 살며시 올렸다.
찬란한 태양이 광활한 빛을 내리쬈다.

그래.
이번에야말로.

“삶의 반복을 끝낼 것이다.”

5장
울티카 유적

뙤약볕이 내리쬐는 황무지.

두 남녀는 메마른 대지 위를 걸어갔다. 원래 황무지를 걷는 행인의 부담은 이루어 말할 수 없다.

그러나 두 사람은 달랐다. 샤네트는 열에 대한 내성이 지대했다.

그래서 초행길임에도 목마름이나 더위를 이겨내기 한결 수월했다.

반면 강윤수는 힘을 조절해 걸어갔다. 아침부터 밤까지 걷더라도 그에게선 지친 기색을 전혀 찾아볼 수 없었다.

남매라도 된 듯 두 사람의 걸음걸이는 동일했다. 두 사람은 몇 날 며칠을 함께 걷고 노숙했다.

그러나 샤네트는 좀처럼 강윤수에게 적응하기 어려웠다.

샤네트가 종종 이야깃거리를 꺼내도 강윤수는 짧게 대답할 뿐이었다. 그동안 알아낸 것이라곤 이 남자가 이상할 정도로 지식이 방대하단 사실뿐이었다.

"황무지에서는 물을 아껴 마셔야 해요. 지도를 보니 이 주변에 괜찮은 샘이 있어요."

"거긴 더러워졌어."

샤네트는 강윤수의 대답이 의심스러웠다. 가보지도 않고 그걸 어떻게 아는 걸까?

그녀는 고집스레 샘을 찾아가 봤다.

얼마 전까지만 해도 맑았던 샘물은 진흙투성이가 되어 있었다. 당황한 샤네트가 사과했다.

"……죄, 죄송해요. 이럴 줄 알았으면 차라리 식량이라도 찾아볼 걸 그랬네요."

그러자 강윤수는 소매를 걷고 오른팔을 뻗었다.

쉬릭!

그는 진흙물에서 똬리를 틀고 있던 뱀을 잡아 들었다. 그날은 뱀을 손질해 모처럼 고기를 먹었다.

대개 이런 식이었다.

샤네트가 무슨 말을 꺼낼 만치면, 강윤수는 항상 몇 발짝 앞서서 반응했다. 정상인이라면 절대 할 수 없는 행동이었다.

그뿐만이 아니었다.

강윤수는 보기와 달리 거의 집착하다시피 술을 마셨다. 헤르미야가 호의 삼아 건네준 위스키가 고작 반나절 만에 동났다.

강윤수가 거의 온종일 술을 담은 물병에 입술을 대고 있었기 때문이다.

"그렇게 마시고도 취하질 않으시네요? 술 드시기 전이랑 드신 후랑 차이가 전혀 느껴지지 않아요."

"어."

"그럼 왜 술을 그렇게 좋아하시나요? 맛있어서?"

"머리가 아파서."

"예?"

"마시면, 머리가 아파서 좋아."

……하여간 이상한 남자였다.

켈린 영지를 떠나온 지 5일째 되는 날이었다.

걸어가던 강윤수가 갑자기 멈춰 섰다. 샤네트가 의아한 표정을 지었을 때였다. 무더위의 황무지를 걷고 있던 찰나 대지에서 미약한 진동이 느껴졌다.

"퀴르르륵-!"

갈라진 대지로부터 굵은 지렁이가 튀어나왔다. 모습은 지렁이였지만 입에 예리한 이빨이 가득했다. 랜드웜이 날카로운 울음소리를 내질렀다.

"퀴르리아아아악-!"

한 마리만 있는 것이 아니었다.

"퀴르르륵!"

"퀴륵! 퀴르륵!"

황무지에서 랜드웜이 10마리씩 고개를 내뱉고 먹잇감을 찾아 울부짖었다. 랜드웜은 무리지어 습격하는 황무지의 사냥꾼들이었다. 두 사람은 랜드웜의 먹잇감으로 포착된 것이다.

'랜드웜.'

강윤수는 랜드웜이 마음에 들지 않았다.

회귀 직후 만나는 몬스터. 모든 것을 초반부터 시작해야 하는 막연함이 느껴지기 때문이다.

'……이젠 그런 감정도 거의 남아 있지 않지만.'

그는 마체테를 꺼내 쥐었다.

강화된 대검의 칼날은 푸른빛이 흘러내렸다.

현재 강윤수의 레벨은 34. 랜드웜의 레벨은 대략 50 정도였다. 레벨과 수적 차이가 컸지만 그는 전혀 염려하지 않았다.

'몸 푸는 느낌으로 가볍게 사냥한다.'

강윤수는 곧장 달려갔다. 흙으로부터 랜드웜의 이빨이 파르륵 튀어나왔다. 살짝 몸을 숙인 뒤 강윤수는 마체테를 비스듬히 휘둘렀다. 억센 대검은 이빨 사이의 급소를 정확히 부숴버렸다.

"퀴르륵!"

아예 그는 높이 뛰더니 랜드웜의 머리를 디딤돌처럼 밟아 갔다.

흙 속을 종행무진하며 랜드웜이 격노에 차오른 울음을 내질렀으나 강윤수는 차갑게 응수했다. 대검이 스칠 때마다 최소 랜드웜이 한 마리씩 치명상을 입거나 쓰러졌다.

"라이프 드레인."

그의 팔에서 청백색 기운이 뻗어와 랜드웜의 생명력을 흡수했다.

「라이프 드레인의 스킬 레벨이 올랐습니다.

흡수하는 생명력의 양이 증가합니다.」

그는 부족한 레벨 차이를 모조리 전투 실력으로 메꿨다.

강윤수가 의외로 만만치 않자 랜드웜들은 샤네트를 노렸다. 랜드웜들은 땅속을 파고들어 가녀린 여성의 몸을 내찢으려 했다.

샤네트는 허리춤에서 자신의 무기를 꺼내 들었다.

"퀴르르륵!"

랜드웜 한 마리가 그녀의 뒤통수를 노리고 달려들었다. 샤네트는 곧바로 뒤로 돌아 사이드(Scythe)를 휘둘렀다.

퍼걱-!

멋모르고 달려들었던 랜드웜의 머리가 두 동강 났다. 사이

드는 긴 손잡이가 달린 큰 낫이었다. 영주의 사병이었던 그녀가 가장 잘 다룰 수 있는 무기였다.

샤네트는 사이드를 휘둘러 랜드웜을 스치듯 베어 죽여 버렸다. 그녀의 손놀림에 망설임은 없었다. 샤네트가 영주의 병사로 있었던 것은 단순히 헤르미야와의 친분이 전부가 아니었다.

태생적으로 그녀는 근력이 남들보다 훨씬 뛰어났다. 단련도 다른 병사들보다 몇 배는 열심히 해왔다. 게다가 랜드웜이라면 그녀도 영주의 사병으로서 몇 번 상대해 본 경험이 있었다.

힘의 조각을 얻어서일까? 평소보다 몸이 몇 배나 가벼웠다. 사이드를 아무리 휘둘러도 손아귀가 전혀 아프지 않았다.

샤네트도 수월히 선전했지만 랜드웜은 끊임없이 올라왔다. 강윤수가 품에서 암철비수를 꺼내 던졌다. 샤네트의 어깨를 깨물려던 랜드웜이 잇몸을 찔려 쓰러졌다.

"고마워요!"

시간이 흘러도 랜드웜의 숫자가 줄 기미가 보이지 않았다. 강윤수는 즉시 오른팔을 뻗었다.

"스켈레톤 78마리 소환. 자이언트 홉고블린 좀비 소환."

언데드 무리가 소환됐다.

강윤수는 손을 휘저어 사체폭발 마법도 연달아 사용했다. 많은 수의 랜드웜이 삽시간에 정리되었다. 강윤수의 레벨도 하나 올라갔다. 그러나 최하급 언데드인 스켈레톤들은 모두 죽고 말았다.

머리칼에 붙은 끈적끈적한 부산물을 떼어내며 샤네트는 안도의 한숨을 내쉬었다. 강윤수의 활약은 고마웠지만 한 가지 의문이 들었다.

“언데드에게만 전투를 맡기면 간단하지 않나요?”

“본인이 전투에 나서지 않으면 획득 경험치가 줄어.”

언데드를 소환해 마무리를 짓지 않았더라면 좀 더 레벨을 올릴 수도 있었을 것이다.

강윤수는 자이언트 홉고블린 좀비를 소환계로 돌려보냈다. 그의 전투를 곁에서 지켜본 결과 샤네트는 묘한 의문이 생겨났다.

‘설마…… 그럴 리는 없겠지만…….’

그녀는 혹시나 하는 심정으로 물었다.

“강윤수 님, 잠시만 제 손을 잡아주시겠어요?”

강윤수는 말없이 손을 내밀었다.

샤네트는 그의 손을 붙잡고 손아귀에 힘을 약간 주었다.

그러자 그가 미간을 찌푸렸다.

“아파.”

“……설마 지금 힘을 주신 건가요?”

“어.”

샤네트는 속으로 소스라치게 놀랐다.

'약하잖아!'

용아병의 시련 때는 워낙 화려한 전투가 벌어져 눈치를 채지 못했다. 그러나 지금 전투를 함께 겪어보자 확실히 알 수 있었다.

강윤수는 그녀보다 훨씬 약했다.

물론 급소를 노리는 전투 실력, 공격을 피하는 움직임은 샤네트보다 그가 훨씬 뛰어났다. 그러나 육체적인 능력 면에서 강윤수는 너무나 허약했다.

"레벨이 어떻게 되세요?"

"35."

"……."

현재 샤네트의 레벨이 72였다.

능력치 분배에 따라 달랐지만 그녀가 강윤수보다 2배 이상 강하다는 의미나 다름없었다.

"그, 그럼 직업은요?"

"무직."

"……."

샤네트는 또다시 놀라지 않을 수 없었다. 클래스 선택은 레벨이 낮을 때 정할수록 좋았다. 생산직이라도 직업 특성을 물려받으면 여러 가지 혜택을 받을 수 있고, 고유스킬 하나라도 더 배울 수 있다.

샤네트도 영주의 사병이었기에 현재 클래스는 '병사'였다.

병사는 전투와 관련된 이점들이 생겼고, 영주나 황제를 섬길 경우 사회적 신임도 얻을 수 있었다.

하지만 무직인 경우에는 그 어떤 혜택도 받을 수 없다.

"강윤수 님, 실례지만, 이쪽 세계로 이전된 지 얼마나 되셨어요?"

"7일 전."

"말도 안 돼!"

샤네트는 기어코 소리를 치고야 말았다. 이전된 지 고작 일주일 만에 35레벨을 달성했단 말인가? 보통 여행자들은 낯선 세계에 적응하느라 성장은커녕 자기 목숨 부지하기도 바빴다. 거기다 그의 전투 실력은 보통이 아니지 않은가.

반면 강윤수는 무심한 얼굴로 다른 생각을 하고 있었다.

'마황을 죽이기 위해선, 완벽한 준비 과정을 밟는 게 우선이다.'

방금 전투도 언데드 소환 없이 홀로 싸워도 이길 자신이 있었다. 그러나 많은 시간이 소모되었을 테고, 샤네트가 다치거나 사망하는 일이 생겼을 수도 있다.

마황이 나타나기까지는 20년이란 세월이 있다. 우선은 자신이 급속 성장을 하기보다 동료의 안위를 소중히 하는 것이 나았다.

'그리고 나 혼자만 성장해도 안 돼.'

강윤수는 샤네트에게 다가왔다. 그는 숨결이 닿을 만큼 얼굴을 가까이 들이밀었다. 샤네트는 당황했지만, 그는 아무렇지도 않게 손가락으로 그녀의 이마를 눌렀다.

「**샤네트 엘로그란**」

힘의 조각 1차 개방까지 798시간.

성장할수록 대기시간 감소.

"멀었군."

"힘의 조각이 개방되면 저는 어떻게 되나요?"

"세져."

"……."

강윤수는 마체테를 집어 들고 랜드웜의 더듬이를 잘라 배낭 앞주머니에 넣었다. 수십 구의 랜드웜 시체로부터 더듬이를 일일이 거둬갔다.

"더듬이는 왜 가져가시나요?"

"포션 재료라서."

"……포션 조합법도 알고 계세요?"

"어."

샤네트가 두 눈을 휘둥그레 떴다. 포션이나 비약을 만드는 것은 연금술사의 권능이었다. 연금술사는 몬스터의 시체나 약초, 나무뿌리에서 채집한 재료를 조합해 포션을 만들었다. 포션 제조는 까다로운 손재주가 필요해 전문가가 아니고서야 제조를 시도하기조차 어려웠다.

샤네트는 강윤수의 정체가 점차 의심스러워졌다.

대검을 휘두르는 것을 보면 검사나 용병 같았고, 시체를 일으키는 주문을 생각하면 네크로맨서였다.

거기다 포션 제조까지 할 수 있다고? 무직, 거기다 이 세상으로 이전된 지 7일밖에 되지 않은 여행자라고는 도저히 생각되지 않았다.

더듬이를 모두 회수한 뒤 강윤수는 오른손을 내뻗었다.

"다중시체부활."

랜드웜의 시체가 하나둘씩 일어났다.

살점은 썩어 문드러지고, 피부가 새카맣게 변색된 언데드로 부활한 것이다. 강윤수는 다크 랜드웜을 소환계로 돌려보내곤 말했다.

「54마리의 다크 랜드웜을 소환계에 보존했습니다.
현재 소환계에 있는 소환수-다크 랜드웜 54마리, 샐러맨더 샐리.
보존 가능한 소환수 숫자-445마리」

"힐레단에 가기 전에 울티카 유적을 들렀다 가자."

샤네트가 양 눈썹을 크게 치켜세웠다.

"유적이요?"

유적.

수백의 몬스터가 서식하고 심장부에 진귀한 보물이 잠자는 그곳. 웬만한 클랜도 유적의 위험성을 알고 있기에 최소 200인 이상의 인원을 꾸려가는 곳이었다.

그런 위험 지대를 이 남자는 무슨 소풍이라도 가듯이 담담히 가자고 한다.

강윤수는 벌써 걷기 시작했다.

샤네트는 황급히 그의 곁에 달라붙었다.

"유, 유적이라면 강한 몬스터도 많겠죠?"

"많아."

"고, 고작 저희 둘이서 그런 유적을 정복할 수 있을까요? 보통 유적 레이드는 러너들이 먼저 탐사하고 지형까지 완벽히 파악한 뒤 진입하는 게 정석이잖아요! 그건 자살행위에요!"

"괜찮아."

강윤수의 대답은 샤네트의 의문만 증폭시켰다.

"보상만 빼 올 거니까."

이곳 실피아 대륙 남부 황무지는 딱히 이름도 없다. 땅 위를 걷는 모험가나 교역 상인도 적다. 그런 이곳에 유적이 있다니? 켈린 영지에서 살아온 샤네트도 금시초문인 이야기였다.

"보통 유적이란 건 고귀한 지역에 존재하는 몬스터 형성지 아니었나요? 황무지에 유적이 있었다면 분명 많은 사람이 몰려들었을 텐데요."

유적의 존재 의의는 어떤 역사에서도 찾아보기 어렵다. 고대부터 대륙에 출몰해 있던 유적의 특징은 두 가지였다.

첫 번째, 엄청난 수의 몬스터.

유적 하나에는 최소 수백의 몬스터가 서식한다. 유적의 마력에 의해 몬스터는 건축물 밖으로 나올 수 없다.

몬스터는 먹거나 마시지 않고 유적 내에서 생활하지만, 오래도록 갇혀 지냈기에 격노가 극도로 차올라 있는 상태다. 그들은 침입자가 누구든 갈기갈기 찢어놓는다.

두 번째, 진귀한 보상.

유적 심장부의 보물을 갈취하면 유적은 정복된다. 유적의 보물은 일반적으로 구할 수 없는 희귀한 아이템인 경우가 많았다.

또한, 심장부의 보물은 위협적인 보스 몬스터가 지키고 있었다. 현재도 누구보다 빨리 유적을 탐사하고 보물을 얻기 위해 발로 뛰는 클랜이 한둘이 아니었다.

"유적은 지역을 타지 않아."

강윤수는 주위도 둘러보지 않은 채 거침없이 걸었다.

"찾아내기 어려울 뿐이지."

오래도록 걸은 끝에 두 사람을 반긴 것은 울창한 가시밭이었다. 이 의문의 가시밭은 황무지를 버림받은 땅으로 일조한 악재였다.

"황무지에 이런 장소도 있었네요."

황무지 위에서 악착같이 생존해 온 가시덩굴이 한가득 쌓여 있었다. 수북한 가시덩굴 덤불은 근처에 접근만 해도 피부가 성하지 못할 지경이었다.

샤네트가 두려운 얼굴로 물었다.

"여길 헤치고 가시려고요?"

강윤수가 장비한 마체테는 정글도였다. 전투에도 괜찮지만, 덩굴이나 나뭇가지를 자르는 데 특화된 칼. 그러나 강윤수는 고개를 가로저었다.

그는 오른팔을 내뻗었다.

"샐러맨더 샐리 소환."

허공에서 여린 불꽃이 피어올랐다. 작은 화염의 소용돌이를 일으키더니 어여쁜 소녀가 모습을 드러냈다.

"아빠아–!"

샐리가 쪼르르 달려와 강윤수의 바짓단에 달라붙었다.

"아빠, 아빠, 왜 불렀어?"

강윤수는 가시밭을 가리켰다.

"태워."

"그럼 뭐 해줄 거야?"

"뭘 원해."

"음…… 안아주기?"

와락.

"꺄아!"

강윤수가 껴안아주자 샐리가 그의 뺨에 발그레한 볼을 비볐다.

샤네트는 의외라는 생각이 들었다. 이런 건 절대 안 하는 남자인 줄 알았는데. 막상 아주 차가운 것만도 아닌 걸까?

샐리가 양팔을 번쩍 들었다. 그러곤 가시밭을 향해 소리쳤다.

"화염의 진노!"

샐러맨더의 손아귀로부터 불꽃 소용돌이가 퍼져 나갔다. 찬란하고 뜨거운 정령의 불길. 주변이 마르고 수분기 없는 황무지였기에 불길의 영향은 더욱 강렬했다.

화염은 삽시간에 가시밭을 모조리 태워 버렸다.

소녀가 강윤수를 올려보며 칭찬해 달라는 듯 쪼르르 달려왔다.

"아빠, 아빠, 샐리 잘했지?"

"잘했어. 돌아가."

"히잉. 더 칭찬해 줘."

"안 내켜."

샐리는 뺨을 도톰하게 부풀렸다.

샐리는 종종 걸어와 샤네트의 허리를 깊게 끌어안았다.

"샐리는 엄마도 좋아. 갈게, 엄마!"

"그래, 잘 가, 샐리."

샐리를 소환계로 돌려보내고 강윤수는 발을 빠르게 옮겼다. 아직 불꽃의 열기가 남은 주변 대지를 샤네트가 멍한 표정을 보고 있을 때였다.

강윤수가 고개를 돌리더니 넌지시 말했다.

"빨리 와."

타버린 가시덩굴이 슬그머니 재생되기 시작했다. 가시덩굴의 재생력은 빠르고 무시무시했다. 주변이 도로 가시덩굴로 매섭게 차올랐다.

샤네트는 기겁하며 강윤수의 뒤를 따라 달렸다.

촤륵! 촤르륵!

주변을 빠르게 얽매오는 가시덩굴. 평범한 식물이라곤 생각할 수도 없었다. 지체했다간 가시밭에 갇혀 버릴지도 몰랐다.

"이대론 가시덩굴에 감겨 못 나가게 될 거예요!"

"그러니 빨리 와."

강윤수는 덤덤히 말했다.

두 사람은 숨이 차오를 때까지 달렸다.

어떻게 찾았는지, 앞서가던 강윤수가 움푹 파인 토굴로 뛰어들었다.

"이쪽으로."

가시덩굴은 발목을 얽매듯 지면을 뒤덮었다. 샤네트는 힘차게 달려 높이 뛰었다. 그녀가 토굴로 진입한 순간 가시덩굴이 바깥을 모조리 봉쇄해 버렸다.

좌르르륵!

"아, 아슬아슬했네요."

샤네트가 마른침을 삼키며 말했다.

하지만 강윤수는 이미 토굴 안으로 걸어가고 있었다. 그녀는 한숨을 쉬고 그의 뒤를 따랐다. 용아병의 시련 때도 그렇고, 감정이라곤 찾아볼 수 없는 남자였다.

헤르미야의 당부가 떠올랐다.

"그는 아주 오래 살아온 것만 같아. 뭔가…… 우리와는 달라."

저 남자는 대체 정체가 뭘까?

한참 동안 토굴을 걷자, 위에서 밝은 빛줄기가 쏟아져 내렸다.

출구였다.

토굴 밖으로 나오자 광활한 공간이 펼쳐져 있었다. 황무지와는 전혀 다른 공간이었다. 바닥에는 이슬이 마르지 않은 풀잎이 가득했다. 울창한 거목들이 잎사귀를 흔들었다.

"이곳은…… 어디죠?"

"마법으로 만들어진 공간."

강윤수는 바닥을 구르던 돌멩이를 주워 휙 던졌다.

턱!

날아가던 돌멩이는 보이지 않는 벽에 부딪힌 것처럼 허공에서 뚝 떨어졌다. 보고도 도저히 믿기질 않아 샤네트는 직접 다가가 보았다.

아무것도 없는 허공으로부터 딱딱한 벽이 만져졌다.

"공간을 창조하는 마법은 제한적이지. 일정 부위를 깨뜨리면 돌아와."

겉은 울창한 숲일지라도 실상은 마법으로 꾸며진 환상인 것이다. 강윤수는 품에서 암철비수를 꺼내 쥐었다. 그는 주위를 살피더니 가장 커다란 거목을 선정해 비수를 던졌다.

퍼걱-!

거목의 굵은 기둥에 비수가 정확히 꽂혀 들어갔다. 그 순간 거목과 함께 주위가 깨지더니 주변 경관이 순식간에 바뀌었다.

주변은 도로 황무지로 돌아왔다.

반면 커다란 건축물이 서 있었다. 높게 깎아내린 석벽과 기묘하게 음각된 무늬. 유적이었다.

울티카 유적.

대륙에 현존하는 유적 중 공략 난이도는 최하. 보상도 그만한 수준이었다. 그러나 수백의 몬스터가 들끓는 유적인 만큼 방심할 수 없다.

전방에 세워진 유적은 놀라운 위용을 자랑했다. 석조 기둥은 수십 개나 나열되어 있었고, 내부 공간은 한없이 넓어 보였다.

"마, 마법으로 이 유적을 숨겨 둔 거군요?"

"숲이라 생각하고 지나가면 환각 탓에 방심하게 되지."

"그런데 저희 말고 그 가시밭을 뚫고 여기까지 들어오는 사람이 있을까요?"

"있어."

강윤수는 무심히 대답했다.

샤네트는 이제 이런 그의 태도도 익숙해져 갔다. 그래서 굳이 되묻거나 말을 정정하진 않았다. 하여간 유적의 위용은 굉장했다.

샤네트는 이처럼 큰 건축물을 태어나서 처음 보았다. 지금은 아무것도 느껴지지 않았지만, 내부에는 사나운 몬스터가 들끓을 것이 분명했다.

"이제 어쩌실 건가요?"

"들어가야지."

강윤수는 발걸음을 옮겼다.

샤네트는 걱정이 앞섰으나 사이드를 세게 쥐었다. 말이 없고 차갑긴 하지만 강윤수는 다재다능한 남자였다. 레벨이 낮고 무직인 것이 걸리긴 했지만, 그에게도 뭔가 계획이 있음이 분명했다.

두 사람은 유적 내부에 진입했다. 기둥마다 발광석이 달려 있어 어둡진 않았다.

내부를 조심스레 걷던 순간이었다. 광활한 내부에 놀라고 있을 때, 어디선가 울음소리가 울렸다.

“아우우우우-!”

온몸에 소름이 끼쳤다.

맹수의 울음소리. 곧 저편으로부터 커다란 늑대가 모습을 드러냈다.

온몸을 뒤덮은 은빛 갈기와 붉은 눈동자. 커다란 덩치에 길고 날카로운 송곳니는 보기만 해도 소름이 돋았다.

워울프.

사납고 악착같아 상대하기 까다로운 몬스터였다. 평범한 늑대와 달리 저들끼리 대화하고 무리지어 생활하는 생물체이기도 했다.

워울프는 레벨 70 정도의 몬스터였다.

랜드웜과는 위험의 수준이 달랐다.

샤네트는 이를 악물고 사이드를 내세웠다. 그러나 이어 들려온 울음소리는 그녀를 절망에 빠뜨렸다.

“아우우우우-!”

“아우우우우-!”

"아우우우우-!"

워울프 역시 한 마리가 아니었다. 유적 곳곳에 숨어 있던 워울프가 수백 마리나 모습을 드러냈다. 워울프로 가득 찬 주변은 은빛 광휘로 번뜩였다.

두 사람은 순식간에 700마리가량의 워울프에게 포위되어 버렸다.

"컹! 컹!"

"크르르르르……!"

워울프들이 매섭게 울부짖었다.

"이제 어쩌죠?"

샤네트는 다급히 물었다.

그러나 강윤수는 조금도 당황하지 않았다. 그는 당당히 앞으로 걸어나갔다. 평소와 다름없는 남자의 걸음걸이에 샤네트는 조금 압도되었다.

워울프들이 금방이라도 달려들 듯 송곳니를 내세웠을 때였다.

강윤수는 양팔을 크게 들었다.

절체절명의 순간.

강윤수는 큰 목소리로 소리쳤다.

"컹. 카르릉. 크르르르…… 크엉. 컹. 커어엉. 컹. 크엉."

……개소리였다.

그러자 워울프들은 곧장 온몸의 털을 세우더니 맞서 소리쳤다.

"컹? 컹컹! 크르릉!"

"크르르르르……? 컹! 커엉? 컹!"

"키웅…… 키우우웅!"

몰려들었던 워울프들이 길을 터주었다.

워울프들은 순한 강아지처럼 송곳니를 거두고 고개를 조아렸다. 심지어 몇몇은 눈물까지 흘리며 낑낑댔다.

몬스터가 이렇게 대놓고 길을 터주다니!

믿을 수 없는 광경에 당황한 샤네트가 그에게 다가갔다.

"설마 지금 몬스터랑 대화하신 거예요?"

"어."

순간 샤네트는 무슨 표정을 지어야 할지 몰랐다.

"무슨 말을 했기에 단박에 경계를 풀었죠?"

강윤수는 말했다.

"유적에서 해방해 준다고 했어."

"정말 그러실 거예요?"

"아니."

두 사람은 유적 심장부로 향했다.

울티카 유적은 깊고 넓었다. 미로처럼 복잡한 내부를 강윤수는 여유 있게 걸어갔다. 온갖 위험한 함정이 득실대고 길 찾기가 어려운 길목이었으나 그는 무사히 통과해 갔다.

"이렇게 복잡한 유적의 지리를 어떻게 알고 계세요? 위치도 그렇고. ……아니, 이젠 알겠어요. 이런 건 물어봐도 대답 안 하실 거죠?"

"어."

샤네트는 뺨을 살짝 부풀렸다.

"그러실 줄 알았어요."

유적 끄트머리에 다다르자 창백히 빛나는 대문이 보였다. 상아를 깎은 것처럼 밝고 허연빛을 내뿜는 대문. 그 너머에 유적의 보물이 잠든 방이 있었다.

그러나 듬직한 괴물이 대문 앞을 지키고 서 있었다.

"카르르릉……! 로노크!"

늑대의 우두머리. 달빛을 탐하는 맹수.

웨어울프였다.

보통 웨어울프는 황소의 머리를 한 손으로 뭉개는 악력을 지녔다. 그러나 대문 앞의 몬스터는 기존의 웨어울프보다 훨씬 사나운 외견이었다. 전신에 흰빛이 흘렀고 예리한 손톱은 톱날처럼 날카로웠다.

「야성의 백랑괴수(보스, 레벨 104)가 출현했습니다.」

레벨 100 이상의 몬스터.

지금까지 만나봤던 몬스터와는 격이 달랐다.

3미터 전후의 체격이었으나 고루 분포된 근육은 날렵하기 그지없었다.

"리티에크. 우르노크라-!"

백랑괴수는 엎드리더니 사족 보행을 이루었다.

잠시 눈을 깜빡할 사이였다.

길고 날카로운 발톱이 강윤수의 전면을 후려갈겼다.

채챙-!

어느새 강윤수도 대검을 뽑아 들고 발톱을 비스듬히 흘렸다. 그러나 상대가 될 리 없었다. 강윤수의 손목이 뒤틀리다시피 하더니 대검이 뒤쪽으로 튕겨 나갔다.

힘의 차이가 그만큼 압도적이었다.

"위험해요!"

샤네트가 다급히 사이드의 날을 세우며 다가왔다. 그러나 강윤수는 손을 휘저어 도움을 거부했다.

"카르르릉……! 우르노크라!"

백랑괴수가 포효하며 양손의 발톱을 길게 휘저었다.

쉬익-!

서슬 퍼런 흉기가 허공을 가르는 소리가 매서웠다. 십자가로 휘저은 발톱이 돌풍 같은 파괴력을 싣고 다가왔다. 그러나 강윤수는 그 공격을 모조리 피해냈다.

"우르노크라!"

백랑괴수는 으르렁대더니 광분하며 발톱을 내젓고 이빨을 세게 부딪쳤다. 재빠른 연속 공격이 이어졌으나 그 어느 것 하나 강윤수의 몸에 명중하지 못했다. 강윤수의 몸놀림은 빠르지 않았고, 단조로웠다. 그는 다가오는 모든 공격의 궤도를 알고 있었다.

부웅-! 부웅-!

그는 백랑괴수의 공격을 최소한의 움직임으로 모조리 피해 갔다. 백랑괴수의 발톱은 옷깃, 바짓단, 머리칼 끄트머리를 겨우 스치는 정도였다. 벽에 몰리거나 발을 헛디디는 실수조차 없었다.

그 광경은 샤네트가 제 눈을 의심하게 만들었다.

신체 능력의 차이는 막대했다. 그러나 강윤수는 모든 공격을 예측하기라도 한 듯 몇 초의 간격을 두고 죽음의 궤도를 피해갔다.

백랑괴수는 고작 그 몇 초의 간격을 넘어서지 못했다.

"라킬드라그-!"

백랑괴수는 포효하더니 강윤수를 사납게 내려보았다.

인정할 수밖에 없었다. 이놈에게는 도저히 공격이 먹혀들지 않는다!

백랑괴수는 고개를 돌려 샤네트에게 시선을 고정했다.

"카르르릉……!"

강윤수에게 공격이 통하지 않는다면, 목표물을 바꾸면 그만 아닌가.

샤네트는 기겁하며 사이드를 내세웠다. 백랑괴수가 곧장 달려들어 그녀를 갈기갈기 찢어놓으려던 순간이었다.

"로크르."

백랑괴수는 흠칫 움직임을 멈췄다.

로크르는 웨어울프의 언어로 '여길 봐라'라는 의미였다.

백랑괴수의 시선이 도로 강윤수에게 향했고, 그는 배낭에서 밝게 빛나는 돌을 꺼내 들었다. 바로 켈린 영지의 공방에서 정제해낸 월장석이었다.

"웨어울프는 달빛에 집착하지."

월장석은 은은한 달빛을 내뿜었다. 주위를 부드럽게 감싸는 그 달빛이 웨어울프의 본능을 거칠게 일깨웠다.

보스 몬스터, 백랑괴수가 폭주했다.

"카리크라디! 우르노크라!"

백랑괴수가 강윤수에게 달려들었다.

사납게 달려드는 몬스터의 공격을 강윤수는 가벼운 몸놀림으로 피해냈다. 몸을 숙여 발톱의 궤도를 피하고 품에서 암철비수를 꺼냈다. 그는 남은 비수를 모조리 백랑괴수를 향해 던졌다. 얕게 파고든 비수는 백랑괴수의 근육 사이에 파묻혔다.

강윤수는 낮게 말했다.

"샤네트."

"네?"

"배고파, 수프 끓여줘."

"……."

저게 어디 보스 몬스터를 상대하며 내뱉을 수 있는 말인가.

샤네트는 자신의 삶에 이런 날이 올 거라곤 상상도 못 했다.

흉악한 몬스터가 출몰하는 유적에서, 그것도 사나운 보스 몬스터 앞에서 태평히 감자 수프를 끓이게 될 줄이야.

모닥불 앞에서 샤네트가 말했다.

"강윤수 님, 수프 다 끓였어요."

"술도."

"술은 다 떨어졌어요."

"배낭 앞주머니."

"벌꿀주네요. 원래 가지고 계시던 건가요?"

"훔쳤어."

"……어디서요?"

강윤수는 대답하지 않았다.

샤네트가 수프를 듬뿍 담은 그릇과 술병을 꼭 쥐고 물었다.

"헤르미아 영주님 창고에서 훔치셨죠? 포장을 보면 알아요."

강윤수는 말없이 고개를 끄덕였다. 그제야 샤네트는 강윤수에게 수프 그릇과 벌꿀주를 내주었다.

"다음부터는 그러지 마세요."

어느덧 강윤수에게 익숙해져 가는 샤네트였다. 그녀는 자신의 그릇에도 수프를 담았다. 샤네트는 한숨을 쉬고 저편을 바라보았다.

"쟤한테도 수프 좀 줄까요?"

"아니."

"카르르릉……."

백랑괴수는 몸조차 제대로 가누지 못한 채 가쁜 숨을 몰아쉬었다. 수 시간 동안 급가속한 근육은 후폭풍이 밀려들어 말을 듣질 않았다. 반면 강윤수는 옅은 땀도 나지 않았고, 숨도 고르게 쉬었다.

최소한의 움직임으로 공격을 피해낸 그와 달리 백랑괴수는 급격하게 움직여 체력 소모가 극에 달했다. 거기다 강윤수가 던진 비수는 절묘하게 꽂혀 엄청난 근육통을 유발하고 있었다.

"우르노크라-!"

백랑괴수는 울부짖을 뿐 몸을 일으키지도 못했다. 유적의 높다란 기둥 위에 월장석이 박혀 있었다.

강윤수가 직접 올라가 박아놓은 그 보석 탓에 백랑괴수는 움직이지도 못하고 꼼짝없이 달빛만 바라보는 신세였다.

백랑괴수는 격노하며 울부짖었다.

"우르노크라-!"

샤네트가 고개를 갸웃거리며 물었다.

"우르노크라가 무슨 뜻인가요?"

"니 애비좆 같은 새끼."

"……."

샤네트는 어이없는 표정을 지었다.

"저는 자꾸 외치기에 '네놈을 찢어버리겠다.'처럼 멋진 말인 줄 알았어요."

"녀석은 그런 성미 아니야."

어째선지 강윤수는 백랑괴수를 잘 아는 것처럼 말했다.

수프를 마시고 두 사람은 자리를 정돈한 뒤 일어났다.

강윤수는 허연 대문으로 향했다.

"카리크라디! 우르노크라-!"

백랑괴수가 이를 갈며 울었지만 아랑곳하지 않고 강윤수는 대문을 열어젖혔다.

끼이익…….

그다지 힘을 주지 않았는데도 대문은 쉽게 열렸다. 본래 유적의 난이도는 이처럼 쉽지 않다. 보스 몬스터는 하위에 부하들을 이끌고 오는 것이 보통이며 대문은 굳게 잠긴 것이 일반적이었다.

잠긴 대문은 보스 몬스터를 해치운 뒤에야 개방되는 것이

법칙이다. 그러나 대륙의 유적 중 최하 난이도를 자랑하는 울티카 유적은 보스 몬스터도 하나뿐이었고, 몬스터를 죽이지 않아도 대문이 쉽게 열렸다.

그만큼 울티카 유적의 난이도가 낮았기 때문이다. 대문이 열리자 환한 빛이 쏟아져 내렸다.

샤네트가 감탄했다.

"저게 유적의 보물이군요!"

높고 광활한 방이었다. 커다란 제단 위, 찬란한 광휘가 내뿜어졌다. 눈이 부실 지경이었으나 강윤수는 천천히 제단을 올랐다.

제단의 마지막 층계, 제물처럼 놓여 있는 아이템이 보였다. 강윤수는 울티카 유적의 보물을 손에 넣었다.

울티카 유적의 보물은 은빛 털이 장식된 아름다운 손목보호대와 큼지막한 쇠고리였다.

「은빛 갈기 손목보호대」

등급-희귀

완력: 67

마법을 다루었던 웨어울프의 갈기가 붙어 있다. 착용자는 웨어울프의 강한 완력을 지니게 된다. 강적을 조우했을 때, 착용자의 의지에 한해 고대늑대의 혼을 불러올 수 있다.

「굴복의 목줄」

복종의 마법이 깃든 목줄. 짐승형 몬스터를 포획해 테이밍할 수 있다. 포획 대상과 소유자의 레벨 차가 클수록 포획이 어려워진다. 탈진했거나 상태이상에 걸린 몬스터는 포획 확률이 높다. 포획 대상이 소유자를 인정할 시 완벽히 포획할 수 있다.

「울티카 유적이 정복되었습니다.
정복자-강윤수
1순위 업적-샤네트 엘로그란」

「울티카 유적의 정복자가 되었습니다.
유적의 마력이 몸에 깃듭니다.
순발력이 소량 증가합니다.
달빛을 받을 때 신체능력이 향상됩니다.
늑대종 몬스터에게 치명타 확률이 증가합니다.
현재 정복한 유적 수: 1」

「유적 내 총 729마리의 몬스터가 생존해 있습니다.
워울프들은 약속을 지키지 않은 정복자를 용서치 않을 것입니다.」

"굉장해요. 유적을 정복하면 업적도 순위로 표시되네요? 이러면 나중에 클랜 같은 곳에서 보상을 분배하기도 쉽겠어요."

허공에 손가락을 휘젓던 샤네트가 두 눈을 동그랗게 떴다.

강윤수는 은빛 갈기 손목보호대를 착용했다. 완력을 올려주는 액세서리는 희귀한 편에 속했다.

부족한 레벨도 어느 정도 커버할 수 있을 정도로 은빛 갈기 손목보호대의 효과는 괜찮았다.

강윤수는 말했다.

"나가자."

"유적에서요?"

"어."

"하지만…… 유적에는 워울프가 잔뜩 있잖아요. 이번엔 화가 나서 설득도 힘들지 않을까요?"

샤네트가 눈썹을 살짝 찡그렸다.

700마리가 넘는 워울프에게 몰려 찢겨 죽는 꼴은 상상도 하기 싫었다.

그러나 강윤수는 말했다.

"괜찮아."

그는 손에 쥔 굴복의 목줄을 내보였다.

두 사람은 제단을 내려가 방을 나왔다.

백랑괴수는 아직도 근육통을 호소하며 탈진해 있는 상태였다. 강윤수는 날렵히 뛰더니 백랑괴수의 목에 굴복의 목줄을 휘감았다.

"카르르릉……!"

백랑괴수는 거칠게 저항했으나 강윤수를 당해낼 수는 없었다. 목을 죄는 목줄을 발톱으로 끊어내려 했지만 그전에 백랑괴수의 몸이 엎어졌다.

「야성의 백랑괴수를 성공적으로 포획했습니다.
이 몬스터를 테이밍하시겠습니까?」

“테이밍하겠다.”

「백랑괴수 테이밍에 성공했습니다.
백랑괴수가 울티카 유적으로부터 해방되었습니다.
테이밍한 몬스터의 이름을 지어주십시오.」

강윤수는 백랑괴수의 새하얀 털을 바라보았다.
“화이트.”

「화이트」
레벨: 104
종족: 백랑괴수(웨어울프 변종)
힘: 71
순발력: 27
야성: 6

소유스킬: 윈드클로(Lv3).

웨어울프의 변종. 태생부터 흰 털을 가지고 태어나 늑대 무리에게 쫓겨났다. 달빛을 탐해 웨어울프로 각성한 이후 야생을 전전하다 유적의 마력에 휘말려 보스 몬스터가 되었다. 성질이 난폭하고 모든 것을 불신한다.

백랑괴수는 네임드 몬스터가 되었다.

일반 몬스터와 달리, 네임드 몬스터는 자력으로 레벨을 쌓는 것이 가능하다. 이 순간부터 백랑괴수 화이트는 보스 몬스터인 동시에 레벨까지 성장할 수 있게 된 것이다.

강윤수는 화이트의 몸에 박힌 암철비수를 빼냈다. 그는 배낭에서 랜드웜의 더듬이와 나무 그릇을 꺼냈다. 그릇에 남은 벌꿀주를 붓고 랜드웜의 더듬이를 갈아 넣었다.

그러곤 그릇 안에 노르스름한 액체를 휘휘 휘저었다.

"삼켜라."

"우르노…… 깨갱!"

강윤수는 화이트의 아가리를 걷어찼다.

퍼걱-!

하필이면 막 자라나는 이빨을 얻어맞은 화이트는 격통에 입을 활짝 벌렸다. 그 틈을 놓치지 않고 강윤수는 혼합물을 쏟아부었다.

꿀꺽.

일단 목구멍에 액체가 넘어가자 화이트는 눈을 크게 떴다. 놀랍게도 전신의 근육통이 서서히 풀어지기 시작했다.

강윤수가 만들어낸 혼합물은 일시적으로 근육을 풀어주는 효과를 지녔던 것이다. 강윤수는 화이트의 목줄을 손에 감아쥐고 커다란 등에 올라탔다. 곧장 화이트가 으르렁대며 두 발로 일어서려 했으나 목줄의 마력 탓에 굴복할 수밖에 없었다.

화이트는 날선 눈빛에 격노를 담았으나 강윤수를 떨어뜨리지 못했다. 백랑괴수에 탄 강윤수가 샤네트에게 손을 내밀었다.

"타."

"저, 정말 그냥 타도 괜찮을까요?"

그녀가 두려운 얼굴로 물었다.

뛰어난 실력의 조련사가 간혹 야생 늑대를 타고 다닌다는 말은 들어본 적이 있었다. 하지만 저 사나운 웨어울프에 탑승한다니? 듣기는커녕 상상조차 해본 적 없는 일이었다.

"괜찮아."

샤네트는 망설였다.

이 남자를 믿어도 될까? 그러나 망설임은 오래가지 않았다. 그녀는 결심을 하고 강윤수의 손을 붙잡았다.

그래. 조금이라면 믿음을 주어도 될 거야.

샤네트는 강윤수의 뒤에 조심스레 앉았다. 혹시라도 떨어질까 두려워 그녀는 그의 등을 양팔로 꼭 끌어안았다.

강윤수가 명령했다.

"달려."

"카르르르르르르릉–!"

"꺄아아아아아악–!"

화이트는 돌풍처럼 질주했다. 승마 경험이 있는 샤네트였지만 너무 빠른 속력에 시야가 흐릴 지경이었다. 머리칼은 뒤엉켜 넘어가고 목은 제대로 가누지도 못했다.

강윤수는 목줄을 세게 당기며 화이트의 진로를 거칠게 바꾸었다. 그럴 때마다 샤네트는 생사의 갈림길을 넘나들었다.

"꺄아아아아악–!"

"컹! 컹!"

"크르르르!"

심장부를 벗어나자 워울프들이 송곳니를 빼 들며 달려왔다. 그러나 설령 그것들이라도 화이트의 질주 속도를 따라오진 못했다. 워울프들은 이빨을 내세우고 달리다가 제풀에 지쳐 결국 따라오지 못했다.

간혹 진로를 가로막는 늑대들도 있었지만, 화이트는 난폭한 성미와 달리 동족을 죽이고 싶진 않았는지 으르렁대며 피해갈 뿐이었다.

당장 혀라도 씹을 듯 안정된 탑승감과 달구지 부럽지 않은 온화한 격동에 샤네트는 이를 세게 악물었다.

"괜찮기는…… 뭐가 괜찮아요오오오옷–!"

"맞아, 거짓말이었어."

샤네트는 진심으로 살의를 느꼈다. 그리고 화이트의 격노를 조금이나마 공감했다.

두 사람을 태운 백랑괴수는 크게 울부짖으며 유적 밖으로 내달렸다.

"우르노크라-!"

힐레단.

연금술로 유명한 소도시.

황무지 건너편에 세워진 힐레단은 켈린 영지와 비교도 힘든 번화가였다. 겹겹이 세워진 건물과 무수히 걸어 다니는 행인들.

고집 센 남자와 흥정하려 애쓰는 교역상과 돈을 받고 노래를 부르는 음유시인. 강윤수처럼 손목에 단말기를 찬 여행자들도 종종 보였다.

여행자들은 항시 바삐 움직이며 모험에 관해 이야기하거나 술집을 드나들었다. 평화롭고 좋은 향기가 흐르는 도시였다.

샤네트는 눈을 감았다가 천천히 떴다.

새로이 보는 광경. 낯선 향기와 억센 바람. 북적이는 군중.

가슴이 설레고 두근거렸다.

"도시는…… 정말 멋진 곳이군요."

"힐레단은 작은 도시야."

"정말요? 이곳보다 더 큰 곳이 있다구요?"

"어."

"거기도…… 가실 생각이시겠죠?"

"어."

샤네트는 내일 소풍 가는 아이처럼 기대에 찬 미소를 지었다.

반면 강윤수는 무표정했다.

'대륙을 돌면서 강해져야 마황을 죽인다.'

샤네트와 달리 강윤수는 대륙의 그 어느 곳에서도 감흥을 느끼지 못했다. 동네 꼬마가 숨겨놓은 비밀 기지부터 시작해 멸망룡의 둥지까지 온갖 장소를 전부 다녀봤기 때문이다.

아직도 가슴이 떨리는 장소를 꼽으라면 대륙의 금역들과 마탑 정도였다. 그곳들은 전생의 지식을 갖췄어도 단박에 죽기 쉬운, 그야말로 금단의 장소였다. 지나온 삶에서도 몇 번 가봤지만 최대한 성장한 뒤에 발을 디뎠음에도 사경을 거쳤다.

'어차피 거긴 가지 않을 거야.'

급속 성장이야 할 수 있겠지만, 가봤자 위험부담이 너무 컸다. 어찌 됐든 강윤수는 마황을 죽이기 전까지는 죽을 생각이 없었으니까.

'힐레단에서 할 일은…….'

첫 번째 삶에서 힐레단에 왔을 때는 정말 별의별 고생을 다 겪었다. 그때의 자신은 이 평화로운 소도시에 어떤 위험이 도사리고 있는지 상상도 하지 못했다.

그러나 지금은 달랐다.

지겹도록 회귀를 반복해 온 강윤수였다. 그는 앞으로 자신이 무엇을 해야 가장 큰 이득을 볼지 확실히 인지하고 있었다.

'일단 그놈부터 죽여야겠지.'

이 화목한 소도시에서 강윤수가 가장 먼저 벌일 행위는 아이러니하게도 살인이었다.

6장
이고깽 살인마

두 사람은 소도시 어귀로 들어왔다. 물론 난폭한 화이트는 진즉 소환계로 돌려보낸 뒤였다. 힐레단은 연금술이 유명한 도시답게 연금술 관련 서적이나 증류 끓는 연기를 심심찮게 찾아볼 수 있었다.

포션은 희귀한 축에 속했기에 가게는 그리 많지 않았지만, 시체분해소나 조합소의 비용이 타도시에 비해 저렴했다.

특히 시체분해소는 몬스터의 시체를 뼈와 살로 분리시키거나 가죽을 벗기는 분해기가 존재하기 때문에 버려진 곳이 아닌 이상 값이 비싼 편이었다.

도시 중앙에는 커다란 연금술 클랜 건물이 자리를 잡고 있기도 했다.

우선, 두 사람은 교역소에 들렀다. 교역소는 많은 상인들과 안내원들의 말다툼으로 다소 시끄러웠다.

강윤수가 배낭에서 금괴 12개를 꺼내 내려놓았다.

"환전하러 왔습니다."

상담원은 조금 놀란 표정으로 강윤수를 바라보았다. 수레에 교역품을 잔뜩 싣고 온 상인이라면 몰라도 평범한 차림의 남자가 배낭에서 금괴를 턱 내놓으니 놀랄 법도 했다.

상담원은 양손을 모아 금괴를 가져갔다.

"무게를 재보겠습니다. 잠시만 기다려 주십시오."

차례를 기다리고 있자니 뒤에서 대화가 들려왔다. 귀한 등유를 한가득 싣고 온 두 교역상이 얘기를 나누고 있었다.

"신문 읽었나? 지난주에는 양조장의 마리엘이 당했다더군."

"마리엘? 그 아이가 왜?"

"아이고. 마노 자네, 한동안 힐레단을 떠나 있더니 소식이 꽤 느리군. 최근 이 도시에 미녀를 노려 강간하고 살해하는 사건이 기승을 부리고 있다네. 이번이 벌써 네 번째야."

샤네트는 저도 모르게 교역상들의 대화에 귀를 기울였다.

"연쇄살인? 허, 이렇게 평화로운 도시에?"

"어디든 평화를 깨고 싶어 안달 난 미친놈이 있게 마련 아니겠나."

"쯧쯧. 그렇게 심성 고운 아이가 어쩌다가……."

"그런데 이 사건이 말이야. 어째 이상한 소문이 들린다네."

교역상은 비밀 이야기를 하듯 목소리를 낮추었다.
"여자들이 말이야. 환히 웃으며 죽었다더군."
"웃으며 죽었다고?"
"그래, 죽은 여자들은 심하게 당했다더군. 칼이나 채찍으로 고문당한 상처가 보기만 해도 비위가 상할 만큼 깊었다네. 그런데도 얼굴만은 입꼬리가 귀에 걸릴 듯 환히 웃고 있었다더군. 정말 소름 끼치는 일 아닌가."
"그거 오싹하군. 그녀들이 마약에 취하기라도 했단 말인가?"
"그래서 수사관들이 이번 사건에 애를 먹고 있는 것 아닌가. 마약까지 연관되어 있다면 사건은 한층 복잡해지겠지. 안 그래도 요즘 수도에서 마약을 밀반입하는 도시들이 기승인데, 거기에 힐레단까지 끼게 생겼으니."

그때 상담원이 돌아와 가죽 주머니 여럿을 올려놓았다.
"전부 다 해서 금화 1,200닢입니다."
강윤수는 무심한 눈길로 금화 주머니를 품속에 챙겼다.
"가자."
샤네트는 교역상들의 뒷이야기가 궁금했지만 강윤수를 따라 교역소를 나왔다. 연쇄살인에 관한 이야기를 듣고 나자 평화로워 보였던 도시의 일상이 사뭇 달라 보였다. 딱히 두려운 것은 아니었으나 꺼림칙한 기분이 드는 것은 사실이었다.
"이런 도시에서 연쇄살인이 벌어진다니. 의외면서도 어디

선가 들어볼 법한 이야기네요. 꼭 추리소설 같아요."

"범인의 이름은 이민찬이야."

"네?"

샤네트는 발걸음을 멈추었다.

"지금 뭐라고 하셨어요?"

강윤수는 고개를 돌려 그녀를 바라보았다.

"스포일러."

강윤수와 샤네트는 여관으로 향했다. 두 사람의 꼴은 말이 아니었다. 황무지를 지나쳐 오며 옷 구석에 모래가 덕지덕지 묻었고 흙먼지도 달라붙었다.

내심 목욕을 하고 싶었던 샤네트는 밝게 미소 지었다. 붉은 석양이 질 무렵, 두 사람은 한 목조 건물로 들어갔다.

바람에 실려 '황금술 여관'이라 쓰인 간판이 덜렁거렸다.

"하루 방 하나에 동화 50닢이오. 목욕도 할 거요?"

늙수그레한 여관주가 물었다.

탁자에는 앉은 작자들은 대륙인과 여행자가 뒤섞여 있었다.

강윤수는 품에서 은화 1닢을 꺼내 던져 주었다.

"방 하나, 그리고 술."

샤네트는 눈을 크게 깜빡였다.

지금 방 하나라고 한 거야?

여관주는 선반을 뒤지더니 낡은 열쇠를 내밀었다.

"2층 가장 왼쪽 방이오. 술은 뭐로 하시겠소?"

"제일 독한 것."

"가, 강윤수 님? 방 하나라니요? 우린 두 명이잖아요."

여관객들의 시선이 한 번에 이쪽으로 몰렸다.

샤네트가 당황해 물었다.

강윤수는 그녀를 무심한 얼굴로 바라보았다.

"우리는 한 방을 써야 해."

그가 낮은 목소리로 말했다.

"오늘 밤은 내가 네 곁에 있어야 하니까."

욕실은 짙은 증기로 가득했다.

샤네트는 온수가 담긴 나무통 안에 몸을 담갔다. 헐벗은 나신을 따스한 목욕물이 감싸 안았다. 몸에 담긴 피로가 풀리는 것을 느끼며 그녀는 생각에 잠겼다.

긴 여행을 함께하게 된 수상한 동행인에 관해서였다.

'정말 이상한 남자야.'

첫 만남에선 무척 경력이 많은 모험가라고 생각했다. 검술은 뛰어났고 대장장이 기술도 갖춘 데다 눈앞에서 정령을 창조해 버리는 말도 안 되는 짓까지 벌였으니까.

하지만 정작 실상은 달랐다.

레벨은 낮고, 이 세계로 이전된 것은 한 달도 되지 않았다고 한다. 심지어 악력도 그녀보다 약했다.

'그런데 왜 그렇게 아는 것이 많을까.'

울티카 유적을 찾아냈을 때도 태연하기 그지없었다. 마치 그곳을 자주 들락날락하기라도 한 것처럼 말이다. 거기다 낮에는 연쇄살인 사건의 범인까지 아주 당연하다는 듯 알고 있었다.

어째 여행자가 아니라 세상의 모든 지식을 다 아는 현자랑 다니는 기분이었다.

'현자보다는 차가운 인형 같은 느낌이지만.'

차가운 인형이라.

참 적절한 묘사라는 생각이 들었다. 그러다가 생각이 조금 전으로 닿아버리고 말았다.

"오늘 밤은 내가 네 곁에 있어야 하니까."

첨벙!

샤네트는 어린애처럼 손바닥으로 욕조의 물을 내려쳤다. 그녀는 얼굴을 감싸고 양손을 부들부들 떨었다. 뜨거워진 머리에선 김이 쏟아져 나올 것만 같았다.

'정말, 대체, 그 남자는, 대체 눈치가 있는 건지 없는 건지……! 그 많은 사람 앞에서 그런 걸 어쩜 그리 당당하게 말할 수 있지?'

갈피를 종잡을 수 없는 남자였다. 평소에는 그토록 무심하다가 난데없이 그런 말을 날리다니. 누구나 그렇듯 샤네트는 그의 그런 행동이 좋게 보이지 않았다.

'만난 지 얼마 되지도 않은 남자와 동침하는 게 어디 말이나 돼? 그다지 좋아하는 것도 아니잖아. 거기다 그 남자는 내 동의도 얻지 않았어.'

짐을 풀고 욕실에 들어오기 전까지는 피곤해서 그럭저럭 넘어갔다. 하지만 다시 생각해 보니 어처구니가 없었다.

'그래, 씻고 나면 이 여관을 몰래 나가자. 그 남자와는 여기서 헤어지는 거야. 따로 방을 얻더라도 앞으로 이런 일이 생길지도 몰라. 첫 여행을 혼자 다니긴 힘들겠지만, 그래도 그런 속내 모를 남자랑 있는 것보다는 나을 거야.'

결심을 한 샤네트는 욕조에서 일어났다. 몸의 물기를 닦던 그녀는 바닥에 굴러다니던 손거울을 발견했다. 샤네트는 손거울로 자신의 우윳빛 몸을 비추었다.

얼굴 왼편에는 아직 약간의 화상 자국이 남아 있긴 했으나, 피부는 탄력 있고 매끄러웠다. 화상 자국투성이에 병신이라고 놀림 받던 과거를 생각하면 눈물이 날 것만 같다.

'그러고 보니…… 원래 피부를 되찾기 전에도 그 남자는 나

를 평범하게 대해 줬어.'

자신이 창고에서 술병을 찾고 있을 때, 강윤수는 그렇게 말했다. 아름다운 헤르미야보다 나은 여자를 안다고. 투구를 벗고 거울을 보라고.

샤네트는 미약하지만 미소를 지었다.

'나에게 그런 말을 해준 사람은 처음이었어.'

외모가 돌아오고 난 뒤 샤네트를 바라보는 사람들의 시선은 달라졌다. 역겨운 경멸과 안쓰러운 동정이 부러움과 감탄으로 바뀌었다.

그러나 강윤수.

그 남자만큼은 자신을 바라보는 시선이 그대로였다.

샤네트는 손거울을 내려놓았다.

복잡했던 마음이 조금은 정리가 된 기분이었다.

'그 남자가 수상한 면이 많은 건 사실이야. 하지만 그는 내게 새로운 길을 열어줬어. 날 구해 줬지. 그게 내가 그를 좋아할 이유가 되진 못하겠지만…….'

솔직히 말하자면 그와 함께 한 시간은 재미있었다. 분명 짧았으나 그렇다고 느꼈다. 정령을 창조하고 숨겨진 유적을 드나드는 경험을 혼자 하는 여행에서도 겪을 수 있을까?

'그럴 수 없을 거야.'

자신의 정체를 밝히지 않는다는 것이 수상했다. 갑작스레 한 방을 쓰자는 것도 영문을 알 수 없었다. 그러나 강윤수는 흥미로운 사람이었다.

그제야 샤네트는 깨달았다.

자신은 조금씩 원하고 있었다. 그와 함께 여행하고 싶다고.

'결심했어.'

얇은 가운을 입고 샤네트는 여관 공동욕실에서 나왔다.

그녀는 자신의 방을 향해 망설임 없이 걸어갔다.

"와아. 누나, 꽤 예쁘다?"

샤네트는 멈춰 섰다.

한 소년이 그녀의 앞을 막아선 것이다. 십대 후반 정도 되었을까. 손목에 단말기를 찬 것을 보아 여행자였다. 샤네트가 의아한 눈길로 바라보자 소년이 싱글벙글 웃었다.

"저도 여관 투숙객인데요. 누나가 엄청 예뻐 보여서요. 용기 내서 말 한 번 걸어봤어요. 남자 친구 있어요?"

"없어, 그러니 비켜주겠니?"

방금까지 외모에 따른 시선의 차이를 생각했던 터라 괜스레 말이 차갑게 나갔다. 그럼에도 소년은 킥킥 웃을 뿐이었다.

"흐응. 거짓말. 누나, 아까 저녁에 들어왔던 그 형 애인이잖아요? 한 방에서 같이 자는 사이면 척 봐도 견적 나오는데."

샤네트는 기분 상한 눈초리로 소년을 바라보았다.

소년의 태도는 굉장히 무례했다. 자신감 있는 성격을 넘어 자신이라면 뭐든지 해도 된다는 식의 어투였다.

본래 샤네트는 타인에게 친절했지만, 예절을 모르는 사람은 그리 좋아하지 않았다.

"뭘 그리 째려봐요. 누가 보면 내가 잘못이라도 한 줄 알겠네."

소년은 킥킥 웃으며 길을 비켜주었다. 샤네트는 왠지 모를 불쾌감을 느끼며 방으로 향했다.

뒤에서 소년이 소리쳤다.

"내 이름은 이민찬이에요. 누나 이름은 뭐예요?"

순간 샤네트는 흠칫하며 발걸음을 멈추었다. 굳이 기억을 되짚을 필요도 없었다.

이민찬.

강윤수가 말했던 연쇄살인범의 이름과 동일했다.

샤네트는 얼어붙은 것처럼 제자리에 멈춰 섰다. 등줄기로 가느다란 식은땀 한줄기가 흘렀다.

"멍하니 서서 뭐해요? 안 가르쳐 줄 거예요?"

이민찬이 그녀의 등 뒤로 다가왔다. 무어라 대처하기도 전에, 방문이 벌컥 열렸다.

"안 들어오고 뭐 해."

강윤수가 문틈으로 고개를 내밀었다.

가벼운 옷차림의 그는 무심한 얼굴로 샤네트의 손목을 덥석 잡았다. 얼결에 샤네트가 끌려오자 그는 방문을 닫았다.

"보, 복도에 있던 소년의 이름이 이민찬이었어요. 정말 연쇄살인범일까요?"

"맞아."

방은 램프를 꺼두어서 무척 어두웠다. 샤네트는 램프를 찾으려 손을 휘적거렸으나 잡히는 것은 허공뿐이었다.

"정말 저 애가 연쇄살인범이란구요? 그리 착해 보이진 않았지만, 여자들을 강간하고 살해한 사람치곤 너무 태연해요."

"잰 원래 그랬어."

어째 강윤수는 예전에도 이런 일을 겪어본 것처럼 말했다. 강윤수의 말이 거짓이라고 생각하긴 어려웠다. 실제로 그가 믿음직스럽지 않은 구석이 간혹 있긴 해도, 내뱉는 말은 모조리 진실이었으니까.

허공을 휘젓던 샤네트는 손가락 끝에 무언가 집히는 것을 느꼈다. 램프였다. 그녀는 램프의 심지에 불을 켜 방을 환히 밝혔다. 어느새 대검을 등에 멘 강윤수가 침대 끄트머리에 앉아 있었다.

"네가 죽지 않으려면, 오늘 밤을 대비해야 해."

"제가 죽지 않으려면…… 이라니요?"

강윤수는 당연하다는 듯 말했다.

"미녀만 죽이는 연쇄살인범이 이 여관에 있다면, 목표가 누구겠어?"

세상은 오로지 나만을 위해 움직인다!

그것이 바로 이민찬의 좌우명이었다.

불과 몇 달 전까지만 해도 이민찬은 소심한 18살 고등학생이었다. 뒷자리에서 일진들에게 괴롭힘을 받는 것은 일상, 집구석에 틀어박혀 애니메이션을 보며 킥킥대는 것이 행복인 삶이었다.

하고 싶은 일은 없었다. 친구도 한 명 없었다. 남들이 공부나 꿈을 이루려 노력할 때, 이민찬은 책상에 엎드려 자거나 판타지 소설을 읽었다.

이민찬은 판타지 소설이 좋았다. 특히 주인공이 온갖 발암 요소를 통쾌하게 해치우는 소설을 읽고 나면 마음 한구석이 시원하기 그지없었다.

특히 대리 만족을 즐길 수 있는 '이세계로 가서 고등학생이 깽판 치는 이야기', 이고깽은 그가 가장 좋아하는 주인공 부류였다.

부모의 한숨이 늘어나고, 미래에 대한 염려가 생겨나던 찰나였다. 이민찬은 난데없이 낯선 세계로 이전되었다.

이전된 곳은 다름 아닌 드래곤의 둥지였다.

"이계에서 온 자여, 나는 곧 수면기에 들어가야 한다. 내 마법을 물려받아 머지않아 찾아올 세계의 위기를 대비하라."

거친 비늘을 가진 드래곤은 이민찬에게 신비로운 마법을 전해주고 수면기에 들어갔다.

이민찬은 남들이 얻기도 힘든 최상위 스킬을 레벨 1에 손에 넣었다. 그것도 아무런 노력도 없이 거저로 말이다.

"개꿀! 이거 완전 이고깽이잖아!"

이민찬은 신이 났다.

현실에선 매일 소외당하고 진심으로 고민을 나눌 친구 한 명 없었다. 현실은 재미도 없고, 하고 싶은 일도 없었다. 매일같이 잔소리만 해대는 부모도, 공부하라고 난리인 선생도 짜증스러웠다.

이전되었을 당시 차고 있던 단말기에는 마황을 죽이면 현실로 귀환할 수 있다는 문구가 떠올랐다.

"현실을 왜 가?"

이젠 세상이 달라졌다. 이민찬이 이 세상이 마음에 들었다. 판타지 소설에서 읽던 이고깽 주인공들처럼 본격적으로 깽판을 칠 수 있으니까!

"공부 안 하길 잘했다. 어차피 여기로 올 거였으면, 해도 소용없었잖아. 괜히 어른들 말 따랐다가 후회할 뻔했네. 하여간 꼰대들 말 들어서 좋을 게 없어."

드래곤이 물려준 마법은 세뇌였다. 특정 제한만 걸리지 않으면, 얼마든지 사람의 마음을 현혹해 조종할 수 있었다.

"대박. 무조건 내 마음대로 쓸 거야!"

세상의 악과 맞서라고?

이 좋은 마법을 가지고 내가 왜?

항상 좋은 능력을 가지고도 도덕성을 운운하며 허투루 쓰는 주인공들을 보면 답답하기 짝이 없었다. 이민찬은 드래곤의 둥지로 나오자마자 마을 이곳저곳을 기웃거렸다. 세뇌마법을 이용해 이민찬은 철저히 예쁘장한 여자들만 세뇌했다.

「꽃 파는 처녀 이리나를 세뇌하시겠습니까?」

「상대의 의중을 파고드는 주문을 외우면, 마법이 시연됩니다. 이리나의 주문은 '예전에 헤어진 남자가 약혼반지를 쥐고 도망쳤다면서?'입니다.」

「세뇌마법은 감정이 격하고, 정신이 연약한 사람일수록 효과가 큽니다.

반면 오래 살아왔거나 성미가 건조한 사람에겐 효과가 낮습니다.」

이민찬은 외모도, 체형도 모자란 자신이 세뇌한 미녀에게는 절세의 미남으로 보이게 했다.

하지만 세뇌마법은 한계가 많았다. 한 번에 한 사람밖에 세뇌하지 못했다.

"답답해 죽겠네. 뭔 놈의 마법이 이리 제약이 많아. 하렘도 못 만들잖아."

그래서 이민찬은 마을마다 예쁘다 한 여자가 있으면, 무조

건 같이 다니던 여자 동료를 교체했다. 물론 세뇌당했을 때의 기억을 잃은 여자들은 갈 곳도 잃고 미아 신세가 되어버렸지만, 이민찬은 전혀 신경 쓰지 않았다.

"알게 뭐야. 이제 나는 이고깽이야. 뭐든 내 마음대로 한다. 무조건 얼굴 예쁜 여자랑 다닐 거야. 여자는 무조건 외모야."

이민찬은 먼치킨이 되고 싶었다. 세상 무서울 것 없이 깽판을 치는 최강자. 그래서 미녀 동료를 데리고 몬스터 사냥을 나가봤다. 하지만 이민찬의 마법은 세뇌가 전부였다. 세뇌는 엄청난 위력을 발휘하는 마법이지만, 몬스터 부류에게는 먹히지 않았다.

처음에는 몇 번 목숨의 위기를 겪었지만, 이민찬은 거침없이 여자 동료를 방패로 삼아 살아남았다.

"꺄아아악! 도와줘요! 날 버리고 가지 마!"

"싫어. 멍청아. 나는 주인공이고, 너는 엑스트라야. 그러니까 내가 살아야 하잖아!"

이민찬은 뻔뻔하게 생각했다.

자신은 주인공이다. 주인공이 초반부에 죽는 판타지 소설을 본 적 있는가? 남을 희생하더라도 자신은 무조건 살아남아야 한다.

뭐, 여자 따윈 차고 넘쳤다. 왜 다들 그러지 않는가? 쓸모없으면 버리면 그만!

생각보다 사냥이 쉽지 않자, 이민찬은 생각을 바꿨다.

미녀 동료 말고도, 같은 현실에서 온 여행자들과 힘을 합쳐 보기로 한 것이다. 처음으로 합동 사냥을 나섰을 때, 그들은 괴팍하게 성미를 부렸다.

"아니, 민찬아. 거기선 칼을 휘둘러야지. 멍하니 있으면 죽는다고!"

"야, 인마! 너 진짜 뒈지고 싶어서 그래? 레벨이 낮으면 알아서 뒤에 숨어 있어야지, 꼴에 뭔 몬스터를 죽인다고 나서?"

"뭐? 이 여자가 창은커녕 단검도 다룰 줄 모른다고? 아니, 나도 이런 말 하기는 싫은데. 예쁘면 뭐하냐. 여긴 사냥터잖아. 적어도 미녀가 아니라 싸우는 사람을 데려와야 할 것 아냐!"

이민찬은 기분이 팍 상했다.

자신은 이고깽이었다. 그런 주인공에게 이따위 대접을 해대다니. 판타지 소설 주인공이라면 모름지기 그냥 길을 걷더라도 목에 팔뚝 휘감는 의리남 친구 한 명은 필수 아닌가.

여행자들에게 욕을 먹고 나서 이민찬은 하루 동안 식사도 거르고 너무 화가 나서 낑낑거렸다. 적당히 스트레스를 해소할 요소가 필요했다.

고민하던 이민찬은 손가락을 딱 튕겼다.

"맞아, 네가 있었지?"

이민찬은 승마용 채찍을 구해 왔다. 소년은 밤마다 여자를 채찍으로 때렸다. 처음에는 자신도 좀 머뭇거려서 살짝살짝 때리는 수준이었지만, 여자가 고통스러워 비명을 지르는 꼴을 보니 왠지 모르게 기분이 짜릿했다.

자신이 현저히 우위에 있다는 우월감을 느낄 수 있어 만족스러웠다.

"괜찮아. 나는 이고깽 주인공이니까."

주인공은 모름지기 뭐든 합리화한다. 게다가 요즈음 사람들은 선하고 생명을 중시하기보다, 이기적이고 제멋대로인 주인공을 더 즐긴다.

그러니 자신도 뭐든 제멋대로 해도 된다.

짜아악-!

"꺄아아악! 살려 주세요!"

"응? 왜 명색이 드래곤이란 새끼가 남겨준 게 고작 세뇌 스킬 하나인 건데? 기왕 줄 거면 판타지 소설처럼 사기급 아티팩트 같은 것도 화끈하게 내줘야 할 것 아니냐고!"

이민찬은 하루 사냥을 다녀오면 쌓인 스트레스를 모조리 여자를 때리는 것으로 풀었다. 사냥은 자주 다녔지만, 이민찬의 레벨은 좀처럼 오르지 않았다.

애초에 그의 육체 능력은 지나치게 뒤처졌고, 운동신경도 형편없었다. 좀 더 노력해 활동력을 길렀다면 좀 나아졌겠지만, 이민찬은 그것마저 귀찮아 게을리했다.

사냥이 끝난 뒤에는 몰래 다른 사람들 욕을 중얼중얼 내뱉는 바람에 여행자들 사이에서도 평판이 아주 나빠졌다.

이윽고 몇 달이 지나자 이민찬을 받아들여 주는 여행자 파티는 단 한 곳도 없었다.

"왜, 왜 나를 일행에 넣어주지 않는 거예요."

"넌 성격이 너무 나빠서 안 돼."

이민찬은 양손으로 머리를 감싸고 이를 갈았다. 머저리 같은 것들. 나는 주인공이란 말이다!

그날은 너무 화가 나서 채찍 대신 다른 것을 들고 여자를 때렸다. 커다란 몽둥이였다. 한창 스트레스를 풀던 찰나, 이민찬은 여자가 숨을 쉬고 있지 않단 것을 깨달았다.

죽어버린 것이다.

이민찬은 피에 젖은 몽둥이를 떨어뜨리고 죄책감에 덜덜 떨었다.

그 순간, 단말기에 새로운 문구가 떠올랐다.

「동족학살 시너지로 경험치가 증가했습니다.

첫 살인입니다. 경험치가 추가로 오릅니다.」

「목격자가 생길 시 범죄 수치가 오릅니다.

범죄 수치가 높아지면 수사관 검문 시 불이익을 받을 수 있습니다.

레벨이 2 올랐습니다.」

레벨이 올랐다!

그제야 이민찬은 깨달았다. 사람을 죽여도 경험치가 오르는 것이다. 아니, 오히려 몬스터를 죽일 때보다 경험치 효율이 뛰어났다! 그 후 이민찬은 사냥 때마다 자신을 욕했던 여행자를 찾아갔다.

하나씩 세뇌를 했고, 모조리 죽여 버렸다.

드래곤이 세상의 악과 싸우라며 안겨준 마법은, 아이러니하게도 범죄 수단으로 최고였다. 세뇌마법의 스킬 레벨도 상당히 성장했다. 처음에는 가녀린 사람만 가능했던 세뇌가, 점차 굳건한 장년까지 세뇌할 수 있게 되었다.

뭐, 여전히 세뇌 가능한 인원은 1명이었지만.

범죄도가 높아지자 한 곳에만 머무를 순 없게 되었다. 이민찬은 힐레단이란 소도시로 숨어들게 되었다. 이곳에 와서도 여자를 세뇌하고 죽였다.

그는 자신이 죄의식을 가질 이유가 전혀 없다고 생각했다. 자신은 이고깽 주인공이었으니까.

주인공이 사기를 치고, 악당 짓을 하면 사람들은 신선하고 재밌다며 더욱 좋아한다. 그러니 주인공이 이득을 위해 무엇인들 못 하겠는가?

다만 매번 똑같이 죽이니 단조롭고 심심하다는 느낌이 들었다. 그래서 이민찬은 세뇌를 걸고 명령했다.

"웃어. 아주 기쁜 듯이."

그리 말하면 자신에게 살해당할 여인은 죽기 직전까지 미친 듯이 웃어댔다. 아무리 고통스러워도 말이다. 그러니 더욱 죽일 맛이 났다.

이민찬은 나름의 배려라고 생각했다.

적어도 우는 얼굴로 죽진 않잖아?

이민찬이 힐레단에 온 지 한 달 가까이 지났다.

레벨은 30대 부근을 겉돌았다.

좀 더 많이 죽여 빨리 강해지고 싶었지만 수사망을 피하느라 그럴 수 없었다. 검문 때마다 세뇌마법을 이용해 그 자리를 벗어나지 않았다면 진즉 잡히고 말았을 것이다.

이민찬이 여관에서 쉬고 있을 때였다.

웬 남녀 한 쌍이 여관의 대문을 덜컥 열고 들어왔다. 둘 다 꼴이 꾀죄죄해 영 멋이 나질 않았다. 그러나 적갈색 머리칼의 여자는 아름다웠다. 얼굴 왼편에 있는 화상 자국이 아쉽긴 했으나 저 정도면 훌륭했다.

오죽하면 지금까지 죽였던 여자들 중에서 가장 예쁘다는 생각이 들 정도였다.

'오늘은 저년이다.'

밤이 되었다.

화장실에 들렀다가 방으로 돌아가던 이민찬은 마주 걸어오는 여자를 보고 크게 감탄했다.

낮에 들어왔던 바로 그 여자였다.

방금 샤워했는지 좋은 향기가 났다. 잘 빠진 몸매와 우윳빛 살결은 이민찬의 시선을 사로잡았다. 얼굴에 조금 있는 화상 자국은 거의 신경도 쓰이지 않았다.

몇 마디 대화를 나눴지만 이름도 알려주지 않은 채 그녀는 방으로 들어가 버렸다. 이민찬은 아쉬웠으나 신경 쓰지 않았다.

'뭐, 어차피 내 것이 될 테니까.'

이민찬은 방으로 들어가 장비를 점검했다.

오래간만에 걸린 미녀였다.

갖고 노는 것뿐만 아니라 고문용으로도 상당히 오래 쓸 생각이었다. 안 그래도 요즘 스트레스 풀 거리가 부족했다. 이민찬은 채찍과 곤봉, 단검 따위를 자신의 품에 넣었다.

"좀 갖고 놀다가 질리면 죽여 버려야지."

이민찬은 사람들이 죄다 흔히 굴러다니는 장난감으로 보였다. 괴롭히다가 질리면 버리는, 그런 하찮은 것들.

한낱 엑스트라는 다 주인공한테 그런 식으로 이용 받다가 버려지는 거니까.

나는 뭐든지 해도 돼. 이고깽이니까.

새벽이 되었다.

이민찬은 그녀가 잠든 방으로 걸어갔다. 문은 열려 있었다. 세뇌마법을 사용할 준비를 마치고, 이민찬은 문고리를 잡아 열었다.

그 순간 방 안으로부터 손이 뻗어 나왔다. 손아귀가 이민찬의 머리칼을 세게 감싸 쥐었다.

"어……?"

이민찬이 외마디 비명을 내지르기 직전이었다. 강윤수는 이민찬의 대가리를 그대로 끌고 와 유리창에 대고 후려쳤다.

쨍그랑-!

"아악-!"

피가 주르륵 흘러내렸다.

깨진 유리 파편이 이민찬의 안면을 찢어 대며 거칠게 파고들었다.

"내, 내 얼굴이……!"

"멀쩡하군."

강윤수는 무심한 태도로 일관했다. 그는 맨주먹으로 이민찬의 안면을 세차게 후려갈겼다.

퍼걱-!

이민찬의 코뼈가 부러지며 핏물이 터져 나왔다.

"아아악!"

이민찬이 비명을 내지르던 찰나였다.

강윤수가 그의 입술에 연속으로 주먹질을 해댔다. 입술이 찢어져 피가 흘렀고 앞니가 하나 부러져 나갔다. 어찌나 효율적으로 때렸는지 고통은 끔찍하게 심했고 비명조차 신음이 되어 가느다랗게 흘러나왔다.

"으, 으으윽……!"

강윤수는 주먹질을 멈추지 않았다.

자신이 이토록 강렬하게 이민찬을 폭행하는 것은 비단 연쇄살인범을 처단하겠다는 정의심에서 비롯된 것이 결코 아니었다.

'내가 이렇게 하지 않으면, 샤네트가 죽었겠지.'

최초로 이민찬과 조우했을 때 샤네트는 이 여관에서 살해당했다. 그 이후로 강윤수는 지나온 삶에서 이민찬을 만날 때마다 모조리 죽여 왔다.

이번 역시 마찬가지였다.

"사, 살려줘!"

이민찬이 피범벅이 된 얼굴로 애타게 소리쳤다.

강윤수는 일말의 동정심조차 보이지 않은 채 대검의 자루를 움켜쥐었다. 소년의 얼굴이 창백해졌다.

"저, 정말로 날 죽일 셈이야?"

"어."

그때였다.

언제부터 거기 있었던 것인지 샤네트가 문밖에서 말했다.

"누군가 올라와요."

강윤수는 칼자루를 놓았다.

계단으로부터 올라온 사람은 다름 아닌 여관주였다.

"거, 내가 웬만해선 이런 말 하진 않으려고 했는데 제발 조용히 좀 하시오. 대체 얼마나 재밌게 뛰어놀기에 아래층까지 소음이 들린단 말이오?"

"죄송해요. 방 안에서 벌레를 잡느라 시끄러웠나 봐요."

문틈으로 고개를 내민 샤네트가 혀를 삐죽 내밀며 태연히 웃음을 지었다. 여관주는 언짢은 표정을 짓더니 도로 1층 홀로 내려갔다.

그 순간이었다.

"크앗!"

이민찬이 몸부림치듯 일어나더니 문을 향해 뛰쳐나갔다.

샤네트가 막으려고 한 순간, 그가 품속에서 단검을 빼내어 휘둘렀다. 그녀가 검의 궤도를 피하자 약간의 틈이 생겨났다.

이민찬은 기회를 놓치지 않고 힘껏 돌진했다.

그는 문밖으로 달아나 버렸다. 샤네트가 쫓으려 했을 때 강윤수가 그녀의 어깨를 잡았다.

"나 혼자 가지."

샤네트가 불안한 눈동자로 물었다.

"정말…… 죽일 생각은 아니시죠? 그냥 잡아서 수사관에 넘기실 거죠?"

"어."

물론 거짓말이었다.

"씨발놈. 씨발놈. 씨발놈. 진짜 모가지를 따버릴 거야."

이민찬은 피가 흐른 안면을 감싸고 중얼거렸다. 유리 조각이 송송 박힌 안면은 따갑고 아팠다. 손가락으로 떼자니 너무 아파서 뽑아내기 무서웠다. 소년은 덜덜 떨면서 유리 조각을 하나씩 빼내며 욕설을 내뱉었다.

"그 씨발 새끼. 처죽일 거야. 씨발, 처죽일 거라고!"

부모님한테도 맞아본 적이 없었다. 애당초 십대인 자신을 그렇게 대놓고 팼던 어른은 강윤수가 처음이었다.

"개 같은 새끼!"

혼잣말로 짜증을 풀어내며 이민찬은 쾅쾅 걸었다. 행인들이 이상한 눈길로 쳐다봤지만 너무 화가 나서 신경도 쓰이지 않았다.

소년은 거리를 걷는 사람들에게 눈가를 돌렸다.

'씨발. 오늘 스트레스 제대로 푼다. 아무나 세뇌하고 처죽일 거야.'

수사관의 시야망 따위 신경 꺼버리기로 했다.

이민찬은 먹잇감을 찾아 두리번거리다가 곧 적당한 대상을 찾았다. 한 소녀가 바구니에 사과를 가득 담은 채 어디론가 걸어가고 있었다. 그리 예쁘지 않았지만, 그럭저럭 봐줄 만한 외모였다.

'저년 오늘 딱 걸렸어.'

난생처음 보는 사람임에도 이민찬은 철천지원수라도 만난 것처럼 이를 갈았다. 이민찬은 빠르게 걸어가 소녀의 어깨를 툭 건드렸다.

"야."

"누구세요?"

"알 필요 없고. 이리 와봐."

"아앗! 왜 이래요!"

이민찬은 소녀의 어깨를 거칠게 붙잡고는 골목길로 끌고 갔다. 소녀는 당황한 눈길로 쳐다보았지만, 아랑곳하지 않았다. 어두운 골목길에 들어서자 이민찬은 오른손을 펼쳤다.

「사과 팔이 소녀 한나를 세뇌하시겠습니까?」

「상대의 의중을 파고드는 주문을 외우면, 마법이 시연됩니다. 이리나의 주문은 '네 부모가 널 버리고 가서 매일 사과 팔고 다닌다며?' 입니다.」

「세뇌마법은 감정이 격하고, 정신이 연약한 사람일수록 효과가 큽니다.
반면 오래 살아왔거나 성미가 건조한 사람에겐 효과가 낮습니다.」

“네 부모가 널 버리고 가서 매일…… 어어억!”

주문을 외우던 순간, 이민찬의 뒤통수에서 강한 통증을 느꼈다. 눈알이 빠질 것 같은 고통을 느끼고서 소년은 눈을 부라리며 뒤를 돌아보았다.

강윤수였다.

“뭐, 뭐야. 씨발! 여길 어떻게 왔어?”

이민찬이 놀라 뒷걸음질 쳤다.

반면 무표정한 사내는 예리한 대검을 쥔 채 소년을 바라보았다. 인형처럼 차갑고 메마른 눈빛에 소름이 끼쳤다. 빛이 희미한 어둠 속이었기에 공포는 배가 되었다. 인기척조차 느끼질 못했는데, 어떻게 자신을 따라잡은 걸까?

그 목적은?

“죽이려고.”

또다시 생각을 읽는 것처럼 강윤수가 말했다. 이민찬의 등이 식은땀으로 축축해졌다. 강윤수는 대검을 가볍게 휘둘렀다.

이민찬의 목덜미에서 가는 핏줄기가 흘러내렸다.

“허, 허억-!”

이민찬은 덜덜 떨며 손을 내렸다. 소녀의 세뇌를 멈추고 이민찬은 다급히 그 자리에서 도망쳤다.

“꺼져! 꺼져! 내 눈앞에서 꺼지라고!”

이민찬은 공포에 질려 내달렸다. 아직도 안면을 감싸는 저릿한 고통, 강윤수에 폭행당했던 기억이 트라우마처럼 머릿속을 옥죄었다.

온몸이 땀으로 흠뻑 젖었다.

거친 숨이 턱 끝까지 밀려왔을 때였다.

"하아……! 하아……!"

무릎에 양손을 올리고 숨을 고른 뒤 고개를 들었다.

저 멀리 한 사람이 보였다.

강윤수였다.

"아아아악!"

주변 행인들이 이상하다는 눈초리로 이민찬을 바라보았다. 이민찬은 뒤로 돌아 뛰쳐나갔다. 무표정하게 대검을 쥔 사내가 그 어떤 것보다 소름 끼치고 무서웠다.

"오지 마. 내 앞으로 오지 말라고!"

이민찬은 잔뜩 겁을 먹은 채 달렸다. 사람이 적고, 비좁은 골목으로 질주했다. 그러나 아주 당연하다는 듯이, 골목의 끝자락에는 강윤수가 서 있었다.

대검을 역수로 쥐더니 강윤수가 말했다.

"늦는군. 언제나."

"아아아아악! 세뇌해 버릴 거야!"

이민찬은 두 눈에 쌍심지를 켜고 오른팔을 내밀었다. 마력을 힘껏 끌어모아 그 어느 때보다도 강렬히 세뇌마법을 시전했다.

그 순간, 단말기에 믿을 수 없는 문구가 떠올랐다.

「대상의 뇌는 20,004년의 기억을 품고 있습니다. 스킬을 마스터하더라도 결코 세뇌할 수 없는 존재입니다.」

"뭐, 뭐야?"

이민찬은 너무 겁에 질려 뒤로 주저앉아버렸다.

뇌의 수명이 20,004년이나 된다고?

도대체 얼마나 살아온 거야?

저, 저게 정말…… 사람이야……?!

"너, 너 대체 뭐야? 사람 맞아?"

강윤수는 대답 없이 다가왔다.

이민찬이 뒤로 돌아 달아나려던 순간이었다. 그가 칼등으로 소년의 뒤통수를 후려갈겼다.

퍼걱—!

"어억!"

이민찬의 눈앞이 새까맣게 물들었다.

정신을 차리자 진득한 피비린내가 풍겼다. 눈을 가늘게 뜨자 이곳이 시체분해소란 것을 알 수 있었다. 짐승이나 몬스터의 시체를 분해기에 넣고 가죽과 고기로 바꿔버리는 장소였다.

"뭐, 뭐야?"

일어나려 했지만 그럴 수 없었다. 이민찬은 자신의 몸이 밧줄로 칭칭 묶여 있단 사실을 깨달았다. 온몸을 뒤흔들며 소년은 목이 찢어져라 소리쳤다.

"뭐야. 뭐냐고! 풀어줘!"

대답은 들려오지 않았다.

그저 천장에 달린 램프만 희미한 불빛을 자아내며 흔들렸다. 아무도 없는지 시체분해소는 고요했다.

"으…… 흐윽."

어두운 건너편에서 한 남자가 걸어왔다.

강윤수였다.

이민찬은 식겁하며 소리쳤다.

"사, 살려줘! 제발 살려 주세요!"

"시끄러워."

차갑고 메마른 목소리였다. 이민찬은 숨을 죽이고 마른침을 삼켰다. 그는 속박된 몸을 낑낑대며 애원했다.

"사, 살려 주세요! 제발요! 다시는 안 그럴게요! 사람도 안 죽이고, 세뇌도 안 할게요! 그냥 착하게 살게요! 아직 어린 미성년자가 아무것도 모르고 한 짓이잖아요! 그러니까 제발 용서해 주세요!"

들려오는 대답은 없었다.

그저 침묵뿐. 원하던 것을 찾았는지 강윤수는 일어났다. 그의 오른손에는 채찍이 들려 있었다. 이민찬은 온몸에 소름이 돋았다. 자신이 그동안 사용해 왔던 바로 그 채찍이었다.

이민찬은 벌벌 떨며 소리쳤다.

"사, 살려줘! 제발 날 때리지 마!"

"널 내 손으로 죽일 생각 없어."

순간 이민찬의 표정이 밝아졌다,

가면처럼 표정 하나 없는 사람이었으나 생명을 죽이는 일이 꺼려졌음이 틀림없었다. 소년이 안심했을 때 강윤수는 천천히 채찍을 들었다.

"너는 너 자신의 손으로 죽게 될 거야."

이민찬은 온몸의 털이 곤두서는 것을 느꼈다.

저게 무슨 소리일까?

그 순간 강윤수의 채찍이 소년의 뺨을 매섭게 후려갈겼다.

"아아아악-!"

강윤수의 채찍질은 이민찬 자신이 했던 것과는 비교도 할 수 없을 만큼 정교하고 아팠다. 채찍은 교묘히 이민찬의 급소만을 피해 살갗을 찢어냈다.

죽진 않았지만, 죽고 싶을 만큼 고통스러웠다.

"아파! 아프다고! 씨발!"

피가 터진 입술을 씹으며 이민찬이 바득바득 소리쳤다. 소년의 뺨에는 눈물과 피가 흥건했다. 그러나 강윤수는 채찍질을 멈추지 않았다.

"왜, 왜 날 죽이려는 거야! 이 개새끼야! 수사관한테 신고하거나 감옥에 넣는 방법도 있잖아! 내, 내가 잘못하긴 했지만, 너는 날 죽일 자격 없어! 씨발……!"

강윤수는 채찍질을 거듭했다. 이민찬이 제정신을 못 차리게 되었을 즈음, 나지막이 대답이 들려왔다.

"아내였던 여자를 겁탈하고 살해한 소년에게 남자는 어디까지 분노를 행사할 수 있을까."

"뭐…… 뭐어?"

"분노한 남자는 반복해 소년을 죽여 왔어. 때론 단번에. 때론 고문해서. 설령 분노란 감정을 희미해져 갈지라도. 언제나, 항상. 수백 번이 넘도록 소년을 죽여 왔지."

기다란 채찍의 끄트머리가 이민찬의 뺨을 사납게 갈겼다. 뺨에 화상을 입은 것 같은 아픔을 느끼며 이민찬이 거친 숨을 몰아쉬었다.

강윤수는 낮은 목소리로 말했다.

"왜 죽이냐고 물었지?"

강윤수는 이민찬의 얼굴에 다가갔다. 숨이 닿을 만큼 가까워졌다. 너무도 차갑고 정적인 목소리가 귓가를 꿰뚫었다.

"네가 샤네트를 죽였을 때, 그 여자는 나의 아내였어. 지금 네가 죽는 이유는 그것 하나뿐이다."

이민찬은 몸을 부르르 떨더니 악에 받쳐 소리쳤다.

"뭔 개소리야! 이 미친놈아! 정말 날 죽일 거야? 그럼 너도 살인자라고!"

"알아."

강윤수는 다시 물러나 채찍을 들었다. 앙칼진 채찍이 소년의 턱을 또다시 후려갈겼다. 이민찬은 엄청난 고통에 눈물을 터뜨리며 부들부들 떨었다.

"개새끼. 개새끼! 이 개새끼야!"

소년의 욕설에도 강윤수는 보란 듯이 바닥에 있는 물건들을 가리켰다. 이민찬의 얼굴이 창백해졌다.

승마용 채찍. 몽둥이. 단검. 지금껏 이민찬이 여자들을 고문해 왔던 도구들이었다. 강윤수는 단검을 이민찬의 손목 위로 꽂고, 몽둥이는 뺨에다 휘둘렀다.

퍼걱-!

격통에 이민찬은 정신을 차리지 못했다. 소년은 더 이상 참을 수 없었다. 이민찬은 움찔하며 입을 다물더니 곧 몸을 부르르 떨었다. 극도로 공포에 질린 소년의 입술 밖으로 피가 주르륵 흘러내렸다.

소년은 혀를 깨물었다. 이민찬의 눈물 섞인 눈동자가 흔들렸다.

"씨, 씨바알…… 너, 너무 아파…… 고, 고문당하면서 죽을 바에는 차라리…… 커헉!"

깨문 혀가 목구멍으로 말려들었는지 이민찬은 숨을 쉬질 못했다. 소년은 몸부림치더니 곧 경련을 멈추었다.

자살한 것이다.

강윤수는 무심한 눈길로 소년의 시체를 바라보았다.

"세상은 너만을 위해 움직이지 않는다."

강윤수는 오른팔을 내뻗었다.

손가락에 낀 생명억압의 반지가 흑색으로 번들거렸다.

"영혼채집."

[끄아아아아아아아아아아아아악-!]

이민찬의 영혼이 끝없이 절규하며 흑색 반지 속으로 빨려 왔다.

「타락한 소년의 영혼을 채집했습니다.

타락도-중

남은 횟수 3번」

강윤수는 반지 귀퉁이에 손가락을 가져갔다.

차가웠다.

타락도가 높은 영혼은 사령무기의 재료로 쓰거나 인형에 불어넣어 저주의 용도로 활용할 수 있었다.

'증거를 인멸해야겠지. 시체가 남으면 수사관들에게 들킬 테니까.'

강윤수는 영혼까지 빠져버린 이민찬의 시체를 끌어안았다. 살해에 사용한 장비를 소년의 옷 귀퉁이와 주머니에 담았다. 그 후 강윤수는 날카로운 분해기의 투입구에 시체를 넣었다.

그의 동작은 일말의 망설임조차 없었다.

곧 뼈와 살이 갈리는 소리가 사납게 울렸다.

"……그러니까, 강윤수 님은 좀 더 많은 걸 얘기해 주실 필요가 있어요. 특히 어젯밤은 너무했어요. 항상 무심하고 무뚝뚝하신 것도 정도가 있다구요. 우린 함께 여행하고 있잖아요? 그러니 혼자서만 감당하지 마시고 저랑 같이…… 지금 제 얘기 듣고 계세요?"

강윤수는 감았던 눈꺼풀을 지긋이 들어 올렸다.

향긋한 커피 향은 코를 간질였고 아침 햇살이 눈을 따갑게 했다. 샤네트는 자신의 앞에 앉아 불만스러운 표정을 짓고 있었다.

그는 말했다.

"아니."

"……."

그녀는 볼을 약간 부풀렸다가 말했다.

"강윤수 님은 너무 솔직해서 얄미워요."

황금술 여관의 아침은 따사롭고 평안했다.

급사가 가져온 아침 식사는 푸짐했고 사과주는 향기로웠다. 강윤수는 식사에 손을 대지 않고 일절 술잔만 들이켰다.

"아침부터 술만 드세요?"

"원래 아침 걸러."

"그럼 몸에 안 좋아요."

"알아."

"……."

강윤수는 술 한 잔을 더 따랐다.

이민찬은 성격이 나쁘고 나이가 어리나 세뇌마법만큼은 위협적이었다. 그대로 방치했더라면 차후 커다란 적이 되어 부딪혔으리라.

'이민찬도 죽였으니 이제는 본격적인 사냥이군.'

몬스터 사냥.

힘을 기르기 위한 가장 기초적인 성장법이다. 보통 여행자들은 몬스터 서식지를 찾거나 대륙인에게 의뢰를 받아 사냥에 나선다. 하지만 평범한 곳에서의 사냥은 강윤수에게 의미없는 짓이다.

'전설 의뢰의 시작점이 될 사냥터가 힐레단에 있지.'

전설 의뢰.

보통 의뢰와 달리 최고수의 반열에 이른 자만이 수행할 수 있는 악마적 난이도의 의뢰. 그러나 남들보다 빠르고 무난히 성장할 수 있는 길이 되어주기도 했다.

샤네트가 아침 식사를 먹다 말고 그를 바라보았다.

"그래서, 오늘은 어떻게 보낼 생각이세요?"

"사냥을 해야겠어."

"어디서요?"

"연금술 클랜 건물."

클랜.

특수한 목적을 가지고 많은 사람들이 만들어낸 조직을 뜻한다. 실피아 대륙에는 원래 세계에서 온 여행자들이 만들어낸 클랜도 다수 존재했다.

하지만 그런 클랜의 건물에서 사냥을 한다고?

"그게 무슨 말씀이세요?"

샤네트가 눈을 동그랗게 뜨며 고개를 갸웃거렸다. 강윤수는 그런 그녀를 물끄러미 바라보았다. 삶을 반복하며 수백 번도 넘게 샤네트의 죽음을 봐왔다.

지난 삶에서도 마찬가지였다. 마황에 의해 세상은 무너졌고 샤네트도 온몸이 부서져 죽었다. 그러나 세상과 함께 사라졌던 그녀가 또다시 자신의 앞에 앉아 있다.

이전과 전혀 다름없는 모습으로.

강윤수는 말했다.

"고마워."

"뭐가요?"

그는 참으로 당연한 말을 내뱉었다.

"살아 있어줘서."

7장
키메라 디멘션

두 사람은 여관을 나와 거리를 걸었다.

도시 중앙의 연금술 클랜 건물을 발견하는 것은 어렵지 않았다.

샤네트가 고개를 갸웃거렸다.

"몬스터 서식지도 아닌, 연금술 클랜 건물에서 사냥을 할 수 있나요? 그런 말은 처음 들어봐요."

"가능해."

강윤수는 그답게 짤막히 대답하고 건물로 들어섰다. 직원으로 보이는 금발머리 여성이 친절한 미소를 띠었다.

"연금술 클랜 힐레단 지부입니다. 무슨 일로 오셨나요?"

"키메라를 사냥하러 왔습니다."

그녀는 당황한 표정을 지었다가 말했다.

"아…… 키메라 디멘션을 말씀하시는 건가요?"

"그렇습니다."

"연금술사들의 비밀 의뢰를 수행하셨군요. 암호는요?"

연금술사들의 비밀 의뢰는커녕 연금술 클랜 건물에 들어온 것도 처음이었다. 그러나 강윤수는 당연하다는 듯이 암호를 말했다.

"세상을 만드는 것은 세상을 부수는 것보다 어렵다."

"A급 봉쇄구역 키메라 디멘션의 출입 자격을 입증하셨습니다."

금발머리 여성이 사무적인 어조로 말했다.

"키메라 디멘션은 흉포한 키메라들이 서식하는 공간으로 무척 위험합니다. 그러나 그만큼 확실한 성장과 희귀한 보상을 노릴 수 있지요. 물론 저희 연금술 클랜은 귀하의 인권침해와 사망에 관해 그 어떤 책임도 지지 않습니다."

강윤수는 고개를 끄덕였다.

어차피 듣지 않아도 알고 있는 사실들이었지만. 키메라 디멘션은 실제로 무척 위험한 곳이다. 이전 삶에서 처음 키메라 디멘션의 존재를 알았을 때는 이미 수백 명의 모험가가 그곳에서 사망한 뒤였다.

"초기 지원자분은 1층부터 시작하실 수 있습니다. 키메라 디멘션은 총 5층으로 이뤄져 있으며, 꼭대기 층에는 강대한 보스 몬스터가 존재합니다. 보스 몬스터 사망 시 키메라 디멘션은 자동 폐쇄되니 명심하시길 바랍니다."

'자동 폐쇄의 시기가 문제였지.'

본래 키메라 디멘션은 출입이 자유로운 장소였다. 몬스터를 사냥하다가 목숨이 위험하거나 컨디션이 나쁘다 싶으면 나갈 수 있는 곳이었다.

그러나 보스 몬스터가 사망하지도 않았음에도 출입이 폐쇄되는 사건이 발생하고 말았다. 결국 그 공간 안에 있던 사람들은 밖으로 나오지 못하고 모조리 떼죽음을 당하고 말았다.

당시 연금술사들은 시치미를 떼었지만, 실상은 그들이 의도한 사고였다. 키메라 디멘션에서 사냥하던 사람들을 비밀리에 연구 재료로 활용하기 위해서였다.

힐레단 외에도 다른 지부에서 이런 식으로 키메라 디멘션이 열려 있었다. 한 연금술사가 사람들의 시체를 이용해 더 강한 인공 생명체를 만들기 원했기 때문이다.

'뤼미에르 키잔, 황실의 천재 연금술사.'

강윤수는 금발머리 여성을 바라보았다.

그녀는 일개 직원일 뿐이었고, 정말 나쁜 것은 특정 연금술사들이었다. 예전에는 정의심에 불타 그들의 악행을 온몸으로 막아낸 적도 많았다.

그러나 지금은 그럴 의무 따위 없다.

강윤수는 또 다른 용건을 말했다.

"만나야 할 사람이 있습니다."

"누구 말씀이시죠? 중요 약속이라면 저희가 소정의 금액을 받고 전서구를 날려드립니다."

"현재 연금술사의 의뢰를 이행하는 자입니다. 이름은 한세현. 회백색 갑주와 백사자가 그려진 망토를 착용한 남자입니다."

강윤수는 금화 1닢을 내밀었다.

금발머리 여성은 서류를 살피더니 고개를 끄덕였다.

"저희 클랜에 정보가 남아 있는 분이시군요. 그분에게 가장 빠른 전서구를 보내도록 하겠습니다. 최소 오늘 밤 즈음이면 연락이 닿을 겁니다."

강윤수는 복도로 걸어갔다.

샤네트가 그의 뒤를 따라가 물었다.

"아까 부르신 그분은 누구세요?"

"나중에 도움이 될 놈."

생각의 편린이 닿아 강윤수는 그답지 않게 눈살을 찌푸렸다. 회귀할 때마다 반드시 마주치는 놈이지만, 참 귀찮은 녀석이란 기억을 지울 수 없었기 때문이다.

'레벨이랑 권력만 아니었어도 접촉하지 않았을 놈이지만, 그 녀석이 있어야 까다로운 일이 수월히 풀리니까.'

샤네트는 궁금한 표정을 지었다.

"그런데 키메라 디멘션이 뭔가요?"

"연금술사의 쓰레기통."

"네? 그게 무슨 뜻인가요?"

"긴말하기 싫은데."

샤네트는 배낭에서 술병을 꺼내더니 세게 흔들었다. 당장에라도 술병을 깨부술 수 있다는 의도였다.

그러자 강윤수가 입을 열었다.

"연금술 실험을 하다 보면 버려야 할 실패작이 많이 생기지. 그러나 실패작을 아무 데나 버렸다간 큰 화를 입어. 그래서 한 연금술사가 실패작을 버릴 차원을 만들었지. 그 차원에 연금술사들은 줄곧 실험의 실패작을 버려왔어. 오랫동안 실패작들이 쌓이고 뒤섞여 키메라 서식지가 됐지."

"그렇게 위험한 공간을 사람들이 자원해서 가는 건가요?"

"숨겨진 사냥터니까."

실상 키메라 디멘션은 타락한 연금술사들이 인공 생명체 창조에 필요한 희생양을 마련하기 위한 장소였지만, 굳이 설명해 줄 필요는 없었다.

'그래도 보상은 괜찮은 곳이지. 특히 꼭대기 층의 보스 몬스터가 드롭하는 검은 꽤 오래 쓸 수 있고.'

강윤수는 검댕이 듬뿍 묻은 벽난로 앞에 섰다. 낡고 보잘것없는 벽난로였다.

샤네트가 고개를 갸웃거렸을 때 대뜸 강윤수가 그녀의 손목을 붙잡았다.

"토하지 마."

"네?"

강윤수는 벽난로를 향해 발을 내디뎠다. 그러자 작은 벽난로가 강윤수를 집어삼킨 것처럼 그의 몸이 쑥 들어갔다. 샤네트가 놀라며 입을 딱 벌렸지만, 그녀의 몸도 벽난로 내부로 빨려 들어가 버렸다.

"꺄아아아악!"

벽난로 속으로 들어가자 주변이 새까맣게 물들었다. 아무것도 없는 허공 속에서 온몸이 수십 번 회전하는 기분이었다.

콰당-!

샤네트는 이마를 감싸며 일어났다. 태어나서 이렇게 어지러운 적은 처음이었다. 고개를 휘젓고 눈을 뜨자 어둡고 광활한 공간이 펼쳐져 있었다. 동시에 여행자들과 키메라들의 전투 장면이 시선에 들어왔다.

챙-!

콰직-!

터엉-!

"캬르르륵-!"

"이봐, 지금이 기회야!"

"좋아. 마무리다!"

키가 큰 남자가 기괴한 키메라의 머리에 검을 꽂아 넣었다. 키메라는 괴성을 내지르며 바닥에 쓰러졌다.

키메라는 온갖 혼합물을 뒤섞은 것처럼 역겨운 생김새였다. 발이 6개 달렸거나 머리가 3개인 개체도 심심찮게 찾아볼 수 있었다.

키메라 디멘션에 있는 것은 두 사람뿐만이 아니었다.

주위로 맹렬히 키메라를 사냥하는 사람들이 수십 명 모여 있었다. 강윤수는 손을 잡고 샤네트를 일으켜주었다. 그도 어지럼증을 느꼈을 법도 하건만, 평소와 다름없이 멀쩡한 얼굴이었다.

"캬르르륵-!"

키메라 한 무리가 울부짖으며 달려왔다.

1층 키메라의 레벨은 대략 40대. 그리 강한 수준은 아니었다. 샤네트는 재빨리 사이드를 꺼내 쥐었다.

강윤수는 오른팔을 내뻗었다.

"백랑괴수 화이트 소환."

"카이막시론-!"

사나운 울음을 뿜어내며 백랑괴수 화이트가 그 모습을 드러냈다. 보스 몬스터의 위용은 주위의 시선을 모으기 충분했다. 멀리서 키메라를 사냥하던 여행자들이 당황해 소리쳤다.

"뭐, 뭐야? 왜 갑자기 몬스터가 또 튀어나와?"

"으악! 웨어울프잖아! 키메라 디멘션에 왜 키메라 말고 다른 몬스터가?"

경계심을 세우고 이쪽으로 무기를 겨냥하는 사람들도 있었다. 강윤수는 키메라들을 가리켰다.

"죽여라."

"우르노…… 깨갱!"

화이트의 목에 걸려 있는 은빛 족쇄가 파르르 떨렸다.

굴복의 목줄.

테이밍이 완료된 상태였기에 명령 불복종 시 고통이 따르는 것이다. 화이트는 긴 송곳니를 까드득 물더니 키메라에게 달려들었다.

"우르노크라!"

"캬르르륵-!"

키메라는 3개의 발과 5개의 머리를 이용해 마구잡이로 공격을 해댔다. 그러나 화이트는 날카로운 발톱으로 키메라의 몸을 사방으로 찢어내 버렸다.

키메라 한 마리를 순식간에 해치우고 백랑괴수는 곧바로 시선을 돌려 다른 키메라에게 달려들었다. 선혈을 맛보자 맹수로서의 야성이 치솟은 것이다. 화이트는 키메라를 무서운 속도로 학살했다.

"하앗!"

샤네트도 가까이 다가오는 키메라를 처단했다. 대낫의 궤도는 반드시 피를 동반했다. 강윤수는 대검을 뽑고 가장 덩치가 큰 키메라를 향해 달려갔다.

"캬르르르르륵-!"

발을 내뻗는 키메라의 일격을 가볍게 피하고 강윤수는 대검을 휘둘렀다.

퍼걱-!

시퍼런 피가 터져 나왔다.

강윤수는 사정없이 키메라들을 매섭게 베어 갔다. 한껏 강화된 대검의 파괴력은 일반 장검보다 훨씬 무서웠다. 검을 휘두를 때마다 가파른 소리와 함께 키메라의 뼈가 우수수 부서져 나갔다. 급소만을 노리는 검술과 대검의 파괴력이 합쳐져 레벨 차이를 초월했다.

"드디어 다 잡았다! 다들 수고했어."

"다들 수고하셨어요."

건너편에서 사냥을 끝낸 여행자들이 땀을 닦으며 풀썩 앉았다.

키메라 디멘션은 1층에서 100마리의 키메라를 잡으면 다음 층으로 오를 수 있었다. 그들은 다음 층으로 소환되길 기다리며 강윤수 일행의 전투를 지켜보았다.

화이트의 싸움을 지켜보던 한 남자가 고개를 갸웃거렸다.

"이봐, 저 웨어울프. 이제 보니 테이밍한 것 같은데?"

"테이밍? 무슨 소리야. 대륙인 조련사들도 사슴 한 마리 테이밍 못 해 쩔쩔매는 경우가 허다한데."

"하지만 저걸 보라고. 테이밍 안 하고서야 저렇게 같이 싸울 수가 있겠어?"

"흐음. 하지만 웨어울프를 테이밍했다는 이야기는 대륙인한테서도 들은 바가 없는데…… 특별한 조련 스킬이라도 가지고 있나? 목에 채운 쇠고리가 유독 튼튼해 보이기도 하고……."

그들은 대화를 나누다가 스르륵 사라졌다.

다음 층으로 올라간 것이다.

곧 강윤수 일행도 전투를 끝마쳤다. 주변은 키메라의 잔해로 가득했고 푸른 피가 흠뻑 흘렀다.

강윤수의 레벨도 2가 올라 37이 되었다.

「100마리의 연금혼합물 키메라를 처치했습니다.
다음 층으로 오르시겠습니까?」

강윤수는 대답을 미뤘다.

"카르르릉……!"

한편 화이트는 키메라의 시체를 바라보며 입을 떡 벌렸다. 맹렬한 전투 이후 식욕이 당긴 것이다. 강윤수는 목줄을 세게 당기며 명령했다.

"먹지 마."

"카르르르르르릉……!"

화이트가 강윤수를 매섭게 노려보더니 곧 물러났다. 테이밍한 몬스터는 일단 소유자의 복속 아래로 들어오지만, 신뢰 관계가 지나칠 정도로 일그러지면 테이밍 자체가 파기되는 경우도 있었다. 테이밍을 완료했다고 해서 노예처럼 함부로 다룰 수는 없다.

강윤수는 키메라의 잔해를 뒤지다 그 속에서 분홍색 조각돌을 주워들었다. 피에 젖은 머리칼을 쓸어내리던 샤네트가 고개를 갸웃거렸다.

"그게 뭔가요?"

"뒤져봐."

두 사람은 한창 키메라 잔해 속을 뒤졌다.

「하급 키메라의 심장석」

연금술 실험의 실패작 키메라를 탄생시킨 동력원. 희미한 생명력이 담겨 있다. 용도가 밝혀져 있지 않아 가치는 별로 없다.

강윤수는 심장석을 모조리 배낭에 챙겨 넣었다.

"다중시체부활."

반경 내 100마리의 키메라가 부패한 언데드로 부활했다. 다른 사람들이 죽인 키메라는 대체로 상태가 흉해 언데드로 되살리지 못했다. 기괴한 키메라가 언데드로 변하자 한층 몰골이 흉측해졌다.

언데드 군단을 동원해 대규모 전투를 벌이는 것도 나쁘진 않았지만, 획득 경험치가 줄어든다.

‘꼭대기 보스전에서 모든 언데드를 동원해 전투를 벌인다.’

모자란 병력을 시체로 메꾼다.

네크로맨서의 절대적 강점이었다.

「100마리의 이블 키메라를 소환계에 보존했습니다.

현재 소환계에 있는 소환수-이블 키메라 100마리, 다크 랜드웜 54마리, 샐러맨더 샐리.

보존 가능한 소환수 숫자-345마리」

강윤수 일행은 다음 층으로 올라섰다.

키메라 디멘션 2층은 1층보다 강한 키메라가 출현했다. 단칼에 죽는 경우가 드물었고, 죽더라도 최후까지 발악을 하며 발톱을 긁어 댔다.

방금보다 훨씬 치열한 전투가 벌어졌다. 강윤수는 오른팔을 내뻗어 새로운 소환수를 소환했다.

“샐러맨더 샐리 소환.”

불꽃의 장막이 펄럭이며 어린 소녀가 모습을 드러냈다. 소환된 샐리는 주위를 두리번거렸다. 화이트를 발견한 소녀는 함박웃음을 지었다.

“와아! 멍멍이다!”

샐리가 웃으며 쪼르르 다가가자 화이트는 발톱을 거칠게 휘둘렀다.

"코루노크! 마키론!"

"으앙!"

화이트의 난폭한 태도에 샐리는 금방이라도 울음을 터뜨릴 듯한 표정을 지었다.

소환수의 문제점이 바로 이것이었다. 여러 소환수를 소환한 경우 그들끼리 서로 조율이 되지 않아 전투의 흐름이 깨지는 현상이 빈번했다. 보통 강한 소환수일수록 성미가 까다로웠기에 주인의 역량을 시험받는 부분이기도 했다.

"샐리, 무기에 불꽃을 둘러줘."

"히잉. 불꽃무장!"

강윤수의 대검, 샤네트의 사이드, 화이트의 발톱에 각각 짙은 화염이 실렸다. 정령의 화염이 깃든 무기는 위력이 대폭 증가한다. 강윤수가 대검을 휘두르자 작지만 불꽃 폭풍이 일어났다.

그의 검술과 불꽃의 위력이 합쳐지자 무시무시한 파괴력이 나왔다. 키메라가 으깨질 듯이 함몰되고 남은 부위에는 거센 불길이 퍼져 나갔다.

"캬르르르르륵!"

키메라가 고통스러운 비명을 내지르며 죽어 나갔다. 강윤수 일행의 전투를 지켜본 사람들은 또다시 경악하지 않을 수 없었다.

"웨어울프도 모자라서 이제는 정령까지?"

"보통 정령이 본모습을 드러내는 경우는 거의 없잖아요?"

"맙소사, 대체 저 사람 클래스가 뭐야?"

사람들은 어안이 벙벙한 표정을 지었다.

여행자, 대륙인, 몬스터, 정령.

저 듣도 보도 못한 조합은 대체 뭐란 말인가?

「100마리의 연금혼합물 키메라를 처치했습니다.

다음 층으로 오르시겠습니까?」

강윤수는 이번 역시 대답을 미뤘다.

6레벨이 추가로 올라 43레벨이 되었다. 그는 샤네트와 함께 키메라 시체를 뒤져가며 심장석을 찾아냈다. 마나를 최대까지 회복한 강윤수는 키메라 시체들을 언데드로 부활시켰다.

사람들은 경악한 표정을 지었다.

"뭐야? 이젠 네크로맨서 스킬까지?"

"대체 정체가 뭐야?"

강윤수는 이블 키메라들을 소환계로 보냈다.

전투를 끝마친 남자 한 명이 강윤수에게 다가왔다.

"저는 이강현이라고 합니다. 실례지만, 성함을 여쭈어볼 수 있을까요?"

"강윤수."

"아까부터 지켜봤는데 검술이 보통이 아니시더군요. 혹시 저희와 함께하실 생각 없으십니까? 저희 일행은 레벨 70의 검사 네 명에, 소서러(Sorcerer) 한 분이 계십니다."

이강현은 파격적인 제안을 해왔다. 그러나 강윤수의 레벨은 그들보다 훨씬 못한 40대 초반을 웃돌고 있었다.

사실 유적에서 얻었던 은빛 갈기 손목보호대가 부족한 완력을 올려줬고, 검술 실력이 워낙 뛰어났던 탓에 착각할 만도 했다.

강윤수가 고개를 가로젓기도 전이었다. 키 크고 메마른 남자가 다가오더니 이강현의 어깨에 손을 올렸다. 로브를 둘러쓰고 허리춤에 지팡이를 찬 것을 보아 소서러였다.

"강현아, 관둬라."

"예? 하지만……."

"저분, 우리보다 레벨 훨씬 낮아. 실력은 우리보다 대단하지만."

"예? 한율 형, 그게 무슨 소리예요?"

이강현이 어리둥절하고 있을 때, 강윤수는 천천히 고개를 끄덕였다.

"맞습니다."

주변인들은 내심 놀랐다.

강윤수의 검술 실력을 보고 상당한 고레벨일 거라 예상했던 것이었다. 한율이라 불린 남자가 다가와 강윤수를 바라보았다.

"저는 신한율이라고 합니다. 만나서 반갑습니다. 강윤수 당신은 확실히 어중이떠중이들과는 다른 것 같군요."

강윤수는 대답하지 않았다.

신한율은 상관하지 않고 말을 이었다.

"우리는 키메라 디멘션의 보스 몬스터를 노리고 있습니다. 그쪽도 마찬가지죠?"

강윤수는 천천히 고개를 끄덕였다. 키메라 디멘션은 모험가 중 극히 일부만이 알고 있는 숨겨진 사냥터였다. 이곳에 관한 단서를 얻었다고 한들 연금술 클랜의 비밀 의뢰를 해결하고 암호를 알아내야 했다.

그 층에 머무르며 사냥을 이어가는 자들도 있었지만, 대개는 보스 몬스터를 노리고 있었다. 보스 몬스터가 희귀한 검을 지니고 있다는 소문이 퍼진 것이다.

그러나 층이 오를수록 키메라는 강력해져 5층에 도달하지 못하고 전멸하는 사람들도 부지기수였다. 아직 꼭대기 층의 보스 몬스터는 누구도 공략한 바가 없었다.

"5층에서 만납시다. 누가 먼저 꼭대기에 도달할지는 모르겠지만."

신한율은 그리 말하고 일행과 함께 떠나갔다. 그의 푸른 망토가 펄럭이자 등에 매겨진 백사자 문양이 드러났다.

누군가 크게 감탄했다.

"백사자 클랜! 저 남자, 백사자 클랜 사람이었어!"

백사자 클랜.

현존하는 여행자 클랜에서 가장 각광받는 부류에 속했다. 고레벨 여행자 상당수가 백사자 클랜에 포함되어 있으며 명성도 뛰어났다.

특히 백사자 클랜을 이끄는 대장은 유능함으로 명성이 자자해 일부 대륙인 귀족에게도 알려져 있을 정도였다. 백사자 클랜은 상위권 세력을 차지하고 있으며, 여행자 클랜 중 가장 규모가 컸다.

클랜 일원에게는 일정 레벨마다 고성능 아이템을 지원해 준다는 소문이 떠돌기도 했다.

곁에 있던 샤네트가 물었다.

"저분이 소속된 클랜이 그렇게 대단한 곳인가요?"

"대단해."

강윤수는 신한율의 뒷모습을 바라보았다.

펄럭이는 로브 위 백사자는 왕좌를 향해 울부짖고 있었다.

백사자의 눈동자는 말끔한 흰빛이었다.

"내가 없앨 거지만."

키메라 디멘션을 2층까지 돌파한 두 사람은 연금술 클랜 건물 밖으로 나왔다. 벌써 하늘은 붉어져 석양이 드리워 있었다.

강윤수는 단말기에 표기된 날짜와 시각을 확인했다.

'조금 있으면 키메라 디멘션의 출입이 폐쇄되겠군. 서둘러야겠어.'

여관을 향해 걷는가 싶던 그가 갑자기 진로를 바꾸었다.

"어디 가세요?"

"연금술 조합소."

샤네트가 얼른 그의 뒤를 따라붙었다.

"저도 같이 갈게요."

"여관에서 쉬어."

"어…… 혼자 있으면 심심해서요. 또 강윤수 님도 혼자면 외롭잖아요?"

강윤수는 그녀를 물끄러미 보다가 다시 걸었다.

샤네트는 피곤했지만, 킥킥 웃으며 그의 뒤를 따라갔다. 무표정하고 조용한 그였지만 함께 있고 싶었다. 샤네트는 뺨을 발그레하게 물들였다.

늦은 시간임에도 조합소 안은 많은 사람들로 가득했다. 대부분 베이스 포션을 만들거나 특이한 시약을 제조하는 연금술사들이었다. 따스한 증기가 공방 내부를 메우고 시끄러운 소음이 가득했다.

조합소는 사용료를 지불하면 누구나 원하는 재료를 조합해 시약이나 포션을 제조할 수 있었다. 또한, 추가로 재료비를 내면 특수한 약초나 허브를 사용할 수도 있었다.

"아, 드디어 성공이야!"

연금술사 한 명이 뛸 듯이 기뻐하며 소리쳤다.

그녀가 든 유리병에는 깨끗한 보랏빛 액체가 가득 담겨 있었다. 포션의 성공도가 높을수록 색깔은 맑고 뚜렷했다. 저 정도면 나쁘지 않은 성과였다. 주위의 사람들이 의례적으로 손뼉을 쳐줬다.

포션을 완성하는 길이란 멀고도 험하다. 일반적인 조합법을 알고 있더라도 조그만 실수가 있으면 포션은 금세 물보다도 못한 액체가 되어버린다.

실력 좋은 연금술사는 소규모 차원을 생성하는 경지에 다다르지만, 거기까지 성장하기란 쉽지 않았다.

손재주가 능숙하지 않으면, 재료비만 잃고 빈털터리가 되기 일쑤였다. 재능을 타고나지 않은 이상 연금술사는 초기 자본이 필요한 클래스였다.

"저희 조합소는 자정까지 운영합니다. 많은 이용 부탁드리겠습니다."

조합소 직원에게 사용료를 지불하고 강윤수와 샤네트도 자리를 잡았다. 그는 배낭에서 랜드웜의 더듬이를 꺼냈다.

더듬이는 오래도록 상온에 보관한 터라 비쩍 말라 있었다. 샤네트는 일전에 그가 랜드웜 더듬이와 벌꿀주를 섞어 화이트의 근육통을 치료했던 것을 기억해냈다.

"그 더듬이를 사용하시려구요?"

"어."

강윤수는 일어나 시약 재료가 모여 있는 곳으로 걸어갔다. 말린 허브나 약초가 여러 다발 묶여 놓여 있었다. 특이한 식물들은 강한 효력을 담고 있어 포션의 재료가 되었다. 제대로 보지도 않고 그는 약초를 척척 골라 바구니에 담았다.

"본 거베라. 흡혈초. 달바라기. 블루 허브. 알코올 수초. 식충연꽃. 그리고…… 폭렬 선인장. 폭렬 선인장은 값도 비싸고 인화물질이 다량 포함되어 있는데 괜찮으시겠어요?"

"예."

강윤수는 주머니에서 금화를 꺼내 내밀었다.

조합소 직원은 피곤한 미소를 짓더니 말했다.

"저기, 제가 여기서 처음 보는 얼굴이라서 말씀드리는 건데요. 기분 나빠하지 말고 들으세요. 연금술사들이 사제 폭탄이나 골렘 만드는 것이 대단한 것 같아도 막상 실제로 보면 그렇지도 않아요. 여기서 제대로 된 물건 만들려다가 폭발 일으켜서 쫓겨나고 하는 사람 많아요. 처음에는 다루기 쉬운 재료를 이용하는 게 어떤가요?"

"괜찮습니다."

강윤수는 덤덤히 재료를 받아들었다.

조합소 직원이 한숨을 짓자 샤네트가 몰래 다가와 고개 숙여 사과했다.

"죄송해요. 저분이 좀 무심하긴 해도 실제론 착한 분이세요."

강윤수는 자리로 돌아와 재료를 깔고 본격적인 제조에 들어갔다. 그는 랜드웜 더듬이를 공이에 갈아 가루로 만들고, 거베라의 빼빼마른 꽃잎을 따 넣어 빛깔을 불어넣었다.

달바라기, 블루 허브, 알코올 수초는 한데 모아 솥에 넣고 푹푹 끓였으며 증기는 자연스레 밖으로 나오도록 숨구멍을 터주었다.

강윤수의 손놀림은 빠르지도 않고, 느리지도 않았다. 다만, 평생 물약만 만들어온 사람처럼 느긋하고 절제 없는 손동작이었다.

샤네트는 주위 사람과 달리 재료 하나 선불리 남기지 않는 그에게 내심 감탄했다.

"제가 뭐 도와드릴까요?"

"아니."

강윤수는 샤네트를 슬쩍 보더니 말했다.

"피곤하잖아."

샤네트는 옅은 미소를 지었다.

사실 온종일 전투를 치렀기에 피곤한 것은 사실이었다. 무심한 것 같으면서도 이런 점을 챙겨주는 그가 고마웠다. 그녀는 살갑게 그의 옆으로 다가왔다.

"아니에요. 그래도 도와드릴래요."

강윤수는 그녀를 물끄러미 보다가 식충수초를 내밀었다.

"4등분으로 잘라줘."

샤네트도 옆에서 짧은 칼을 들고 열심히 강윤수를 도왔다. 애초에 손재주가 좋은 그녀였기에 강윤수의 훌륭한 일손이 되었다. 강윤수는 저울로 일정 무게를 재고 남은 재료를 배합했다. 그러자 솥에 있는 액체가 검붉고 끈적끈적하게 변해 버렸다.

완벽히 포션 제조에 실패한 것이다.

멀리서 조합소 직원이 그럴 줄 알았다는 표정을 지었다. 그때 강윤수는 배낭에서 밝은 빛깔의 돌을 꺼냈다. 키메라의 심장석이었다.

강윤수는 모든 심장석을 솥에 털어 넣었다. 단단하던 돌이 끈적끈적한 솥의 내용물과 뒤섞여 녹아들었다. 그렇게 몇 시간을 푹 끓여내자 놀랍게도 맑고 투명한 적색 액체가 한가득 흘러나왔다.

"성공이에요!"

샤네트가 기뻐하자 주변 사람들이 보고 손뼉을 쳐줬다.

그들 역시 의외라는 기색의 눈길이었다. 보통 연금술 조합소에 처음 온 사람들은 된통 재료값만 날리고 가버리는 경우가 부지기수였다.

강윤수는 작은 유리병에 액체를 담아 내렸다.

워낙 양이 많아 유리병 20개에 담고도 내용물이 남았다.

「아드레날린 비약」

제아무리 피곤한 몸일지라도 몸에 활력을 불러온다. 평소보다 행동력이 빨라지고 신경이 예민해진다. 다만, 과용하면 몸에 부담이 크다.

비약을 만들어내자 새로운 스킬이 생성되었다.

「뛰어난 손재주로 놀라운 결과물을 도출해 냈습니다.
새로운 스킬, 포션 제조가 생성됩니다.」

「포션 제조」

스킬 레벨-Lv1(00.00%)

재료를 배합해 포션을 만들어낸다.

강윤수는 솥에 남은 아드레날린 비약을 시간을 두고 더 끓였다. 적색으로 빛나던 액체는 부르르 끓더니 연분홍색으로 변했다.

「최상급 치유포션」

외상을 치유할 수 있는 포션. 뛰어난 솜씨로 제조해 일반 치유포션보다 뛰어난 효과를 발휘한다.

「포션 제조의 스킬 레벨이 올랐습니다.
제조하는 포션의 지속시간이 늘어납니다.」
「포션 제조의 스킬 레벨이 올랐습니다.
전신에 포션의 효력이 효과적으로 퍼집니다.」
「포션 제조의 스킬 레벨이 올랐습니다.
포션의 맛이 깔끔해지고 복용하기 수월해집니다. 가루약을 제조해도 효과가 우수합니다.」

포션 제조의 스킬 레벨이 순식간에 3이나 올랐다.

거기서 끝나는 것이 아니었다.

강윤수는 오른팔을 내뻗었다.

"이블 키메라 소환."

"끼그르륵……."

언데드가 된 키메라 한 마리가 모습을 드러냈다.

근처에서 실험하고 있던 연금술사들이 경악한 눈초리로 그를 쳐다보았다.

"어, 언데드다! 아, 아니, 키메라인가?"

"뭐야? 네크로맨서였어?"

네크로맨서는 흑마법을 다루는 자들.

시체를 다루는 직종인 만큼 전직이 어려워 쉽게 보기 힘든 클래스였다. 무엇보다 평범한 네크로맨서가 물약제조에 능통한 경우는 더욱 찾아보기 힘들었다.

주위의 시선에도 아랑곳하지 않고 강윤수는 말했다.

"이블 키메라."

"끼그르륵……?"

"자살해라."

"끼르르륵!"

퍼걱-!

이블 키메라는 바닥에 부딪쳐 머리를 깨부쉈다. 언데드가 되살린 생명을 다하자 부패한 살결은 모래알처럼 사라지고 여러 몬스터의 것이 뒤섞인 유골만이 남았다.

강윤수는 그 각양각색의 뼈다귀를 주워들어 공이로 박살내 가루로 만들기 시작했다. 고블린의 갈비뼈, 오크의 두개골, 자이언트의 발가락뼈로 추정되는 커다란 뼈다귀까지 모조리 갈아버렸다.

샤네트도 곁에서 그 작업을 도왔다.

사각……사각……!

강윤수는 모든 뼛가루와 폭렬 선인장 조각을 한데 뭉쳤다.

딱딱하게 굳은 혼합물을 천으로 가볍게 휘감자 그럴듯한 원형이 되었다.

영락없는 폭탄의 생김새였다.

「강력한 소형폭탄」

등급-일반

폭발력: 43

휴대가 편리한 소형폭탄. 발화성분을 훌륭히 이끌어내 충격을 받으면 폭발한다. 작은 크기지만 폭발의 파괴력이 굉장하다. 인화물질이 다량 포함되어 불꽃에 닿으면 폭발이 더욱 거세진다.

「뛰어난 손재주로 놀라운 결과물을 도출해 냈습니다.

새로운 스킬, 화약제조가 생성됩니다.」

「화약제조」

스킬 레벨-Lv1(00.00%)

화약을 다루는 손재주와 인화성분에 대한 이해력이 늘어난다.

"가자."

강윤수는 소형폭탄을 배낭에 넣고 조합소를 나섰다.

샤네트도 그 뒤를 따랐고, 남은 연금술사들은 어안이 벙벙한 표정으로 두 사람이 있던 자리를 바라보았다.

밖에 나오자 어스름한 새벽이었다.

샤네트는 입을 벌려 하품하더니 기지개를 쭉 켰다.

"정말 피곤하긴 하네요. 여관에 가서 얼른 자고 싶어요."

그러나 강윤수의 걸음은 여관으로 향하고 있지 않았다.

샤네트가 고개를 갸웃하며 물었다.

"강윤수 님, 그쪽은 여관이 아니라 연금술 클랜 쪽인데요."

"알아."

"그런데 왜 그쪽으로 가세요?"

"사냥하러."

샤네트가 두 눈을 확 떴다.

"예? 지, 지금이요?"

"어."

강윤수는 배낭에서 아드레날린 포션을 꺼내 그녀에게 건네주었다.

"마셔."

포션을 받아든 그녀가 애처롭게 물었다.

"꼭 지금 가야만 하나요?"

"아까 쉬라고 했잖아."

"……."

할 말이 없었다.

하기야 그녀가 따라가겠다고 나섰으니까.
샤네트는 아드레날린 포션을 홀짝였다.

「아드레날린 비약을 마셨습니다.」
「24시간 동안 수면을 취할 수 없습니다.
체력 소모가 격한 움직임도 수월히 해낼 수 있습니다.
웬만한 부상에도 고통을 느낄 수 없습니다.
근력과 지구력이 크게 향상합니다.
다만, 후유증이 막대할 것입니다.」

강윤수가 제조한 비약의 효과는 놀라웠다.
그저 마신 것만으로도 피로가 싹 가시고 온몸에 활기가 치솟았다. 그럴 리는 없겠지만, 마음만 먹으면 양팔을 휘저어 날아오를 수 있을 것 같았다.
샤네트가 주먹을 불끈 쥐며 소리쳤다.
"비약의 효과가 정말 대단해요! 온몸에 힘이 넘치는 걸요!"
"대신 부작용이 커."
"무슨 부작용이요?"
"싸웠던 피로와 근육통이 단번에 밀려오지."
"……앞으로 그런 건 마시기 전에 말씀해 주세요."
"그럼 안 마실 거잖아."
"……저는 살의를 느끼고 있어요."

"알아."
"진짜 죽고 싶으세요?"
괴상한 말싸움을 나눈 두 남녀는 다시 키메라 디멘션에 발을 들여놓았다.

키메라 디멘션 3층.
이공간은 광활하고 이질적이었다.
"샐러맨더 샐리 소환. 백랑괴수 화이트 소환."
강윤수는 배낭에서 아드레날린 비약을 꺼냈다.
자신도 마셨고, 화이트와 샐리에게도 나눠주었다.
"아빠, 이게 뭐야?"
"포션."
"맛있어?"
"어."
"와아!"
포션을 마신 샐리가 울상을 지었다.
"히잉. 맛없는데? 써!"
"쓴 게 맛있잖아."
이상한 대답이었다.
화이트는 으르렁거리며 포션을 마시길 거부했다.
보스 몬스터의 자존심.
인간 따위가 내민 음료를 마실 생각 따위 추호도 없는 것이다.

"코루노크! 우르노크라!"

"리마쿠르엘."

강윤수가 말하자 화이트는 흠칫 몸을 떨었다. 그러곤 강윤수가 내민 유리병을 쥐고 벌컥벌컥 아드레날린 비약을 들이켰다.

샤네트가 궁금한 얼굴로 물었다.

"뭐라고 하셨어요?"

"정력에 좋다고 했어."

"……."

그들은 사냥을 시작했다.

"캬르르르륵-!"

키메라가 성가신 나무 덩굴을 내뱉었다.

3층에서부터 키메라들이 속박 스킬을 사용해 오기 시작한 것이다. 강윤수는 재빠른 몸놀림으로 나무 덩굴을 피하고 대검을 휘둘렀다.

퍼걱-!

그의 대검이 키메라의 정수리를 두 쪽으로 갈랐다. 커다란 키메라는 푸른 피를 내뿜더니 경련을 일으키다 쓰러졌다.

"후우욱-!"

샐리는 거친 화염을 내뿜으며 싸웠다.

샐러맨더의 모습은 소녀가 아닌, 불꽃의 도마뱀으로 변해 있었다.

「샐러맨더 샐리가 도마뱀으로 모습을 바꾸었습니다.
입에서 내뿜는 불길이 인간 모습일 때보다 강렬해집니다.
평지에서의 움직임이 빨라집니다.
사막에서 열기가 강해집니다.
다만, 화염마법을 사용할 수 없게 됩니다.」

도마뱀으로 변하자 정령의 불길은 더욱 거세졌다.

샤네트 역시 사이드를 가볍게 휘둘러 키메라의 퇴로를 차단했다. 백랑괴수 화이트는 학살에 가까운 사냥을 벌였다.

울티카 유적의 보스 몬스터답게 흉포한 힘으로 키메라를 모조리 쓸어버렸다. 그들은 주변 사람들 사이에서도 독보적으로 키메라를 빠르게 사냥해 갔다.

'대체 정체가 뭘까?'

신한율 일행은 전투를 거듭하면서도 내심 감탄했다.

이변이 일어난 것은 그때였다.

지이잉-!

갑작스레 모든 사람들의 단말기에서 진동이 울렸다. 단말기를 바라보자 붉은색 글귀로 끔찍한 내용이 표기되어 있었다.

「비상한 마력의 흐름이 공간에 변화를 줍니다.
A급 봉쇄구역 키메라 디멘션이 폐쇄되었습니다.
모든 자들의 출입이 제한됩니다.」

모두가 당황한 표정을 지었다.

한 남자가 나가는 쪽의 출구로 황급히 향했다.

은하수처럼 반짝이는 길로 걸으면 키메라 디멘션에서 나갈 수 있었다. 그러나 지금 반짝이던 빛은 어둠에 자취를 감추었고, 출구는 사라져 버렸다.

남자가 기겁하며 소리쳤다.

"이, 이게 무슨 일이야! 우린 지금 막 나가려고 했다고!"

순식간에 패닉이 일었다.

키메라들은 그 순간을 놓치지 않았다.

"키르르륵-!"

"아악-!"

거친 발톱에 사람 두 명이 금세 갈려 나갔다.

강윤수는 그 광경을 냉담히 지켜보았다.

'시작됐군.'

이곳을 벗어날 수 없다는 절망은 전투에 커다란 영향을 미쳤다.

그러나 강윤수에게는 해당되지 않는 말이었다. 그는 폐쇄된 키메라 디멘션에서 탈출하는 방법을 알고 있었다.

강윤수는 큰 목소리로 소리쳤다.

"다들 침착해. 꼭대기 층의 보스 몬스터를 죽이면 이곳에서 나갈 수 있으니까."

"뭐?"

"그걸 당신이 어떻게 알아?"

사람들은 오히려 성을 내듯 물었다.

강윤수는 굳이 그들을 설득시키려 하지 않았다.

"믿을지 말지는 당신들 자유야. 하지만 지금 곤경을 벗어나려면 그 방법밖에 없으니 명심해. 살고 싶다면 싸워야 해."

호의는 여기까지다.

원래는 나가는 방법조차 모르고 이자들은 모조리 사망했을 것이다. 그런 그들에게 나가는 방법을 알려준 것 하나만으로도 충분했다.

그 이상의 선행은 자신에게 손해일 뿐이었다.

"저는 강윤수 님을 믿어요. 전력을 다해 싸우면 되는 거죠?"

샤네트의 말에 강윤수는 고개를 끄덕였다.

한편 신한율 일행도 당황스러운 것은 마찬가지였다.

"어, 어떻게 하죠? 한율 형!"

"확실하진 않지만, 일단은 저 말을 믿는 수밖에 없겠지."

신한율은 침착히 주문을 외웠다.

"아이스 브링어! 파이어 다운!"

주문을 외우자 강력한 마법이 키메라를 향해 퍼부어졌다. 날카로운 얼음 조각이 키메라를 내찢고 세찬 화염이 살결을 불태웠다.

키메라가 빈사 상태에 이르자 검사 넷이 달려가 칼을 휘둘렀다. 이강현은 이런 상황에서도 당황하지 않는 신한율이 놀라웠다.

'과연 백사자 클랜다워.'

이강현은 신한율의 망토를 바라보았다.

백사자 클랜이 일원에게만 지급해 준다는 백사자 그림이 그려진 망토. 화염에도 내구력이 손실되지 않는 와이번 가죽 망토답게 무척 튼튼하고 멋져 보였다. 일행 중 백사자 클랜 일원은 신한율 한 명뿐이었다.

남자 4명은 신한율에게 잘 보여 백사자 클랜에 들어가길 원했다.

시간이 지나자 더 많은 사망자가 속출하기 시작했다. 침착히 대열을 맞추어 키메라를 죽이던 사람들이 갑작스러운 이변에 당황하고 균형이 흩뜨리기 시작한 것이다.

"으, 으악!"

"사, 살려줘!"

그러나 신한율 일행은 악착같이 싸워 살아남았다.

「100마리의 연금혼합물 키메라를 처치했습니다.

다음 층으로 오르시겠습니까?」

어느덧 3층을 돌파했다.

팀원들은 지친 기색이었지만, 신한율은 단호히 고개를 가로저었다.

"상황이 갑작스레 바뀐 건 이해한다. 하지만 느긋하게 쉬다간 저 남자에게 그 검을 뺏겨 버릴 거야."

신한율 일행이 키메라 디멘션 꼭대기 층을 노리는 이유였다. 일전 연금술 클랜의 비밀 의뢰를 해결하며 얻은 정보. 키메라 디멘션 5층의 보스 몬스터가 희귀한 검을 지니고 있다는 것이었다.

희귀 등급 이상의 검은 그 자체로도 상당한 가치가 있을 뿐만 아니라 무척 비싸게 거래됐다. 공격력이 강하거나 특수 능력이 부가되었을 경우는 값어치가 몇 배는 뛰어오른다.

신한율은 냉정히 말했다.

"멍하니 있다간 어차피 죽는다. 우리는 원래 목적대로 꼭대기 층의 보스를 노린다. 저들보다 먼저."

한편 사냥을 마친 강윤수는 네크로맨서 스킬을 펼쳤다.

"다중시체부활."

100마리의 키메라가 언데드로 부활했다.

그러자 다중시체부활의 스킬 레벨이 올랐다.

「다중시체부활의 스킬 레벨이 올랐습니다.

소환계에 보존할 수 있는 언데드의 숫자가 700마리로 늘어납니다.」

늦게 시작했음에도 강윤수 일행이 먼저 다음 층으로 올라가 버렸다.

지체할 시간이 없었다.

신한율 일행도 키메라 디멘션 4층으로 올랐다.

4층에 오른 것은 그들뿐이었다.

모두 아래층에서 고군분투하고 있거나 죽어서 이곳까지 올라오지 못한 것이다.

4층의 키메라들은 크고 강했다. 나무 덩굴로 발을 속박시키고, 몸에서 긴 창을 꺼내 내찔러왔다. 짧은 소검 길이였던 발톱도 장검처럼 길고 날카로워졌다.

화이트와 강윤수를 선두로 일행은 거칠게 키메라와 싸웠다. 나무 덩굴이 다가오면 샐리가 불꽃을 내뿜어 넝쿨을 절단시켜 주었다.

샤네트도 힘차게 대낫을 휘둘렀다.

"케르르륵-!"

수십 마리의 키메라가 일제히 모여들었다. 몬스터들이 한껏 뭉쳐 있으면 죽이기 쉽지 않다. 도리어 전세가 역전당해 사냥하는 쪽이 당하는 경우도 많았다.

강윤수는 배낭에서 강력한 소형폭탄을 꺼냈다. 소형폭탄은 던지는 족족 키메라의 아가리나 급소에 부딪혀 세차게 터졌다.

콰과광-!

"캬르르륵-!"

키메라들이 고통스러운 비명을 내지르며 터져 나갔다.

폭발의 여파로 키메라가 비틀거릴 즈음이면, 샐리의 화염과 샤네트의 사이드가 말끔히 생명을 앗아갔다.

아드레날린 비약의 효과로 강윤수 일행은 지치지 않고 키메라를 파훼해 나갔다.

한편 신한율 일행은 고전을 면치 못했다.

"끄아악! 살려줘!"

선두에 있던 검사 하나가 당황해 소리쳤다. 나무 덩굴을 즉시 제거하지 않아 온몸이 묶여 버린 것이다. 신한율은 대규모 얼음마법을 영창하고 있었기에 화염마법으로 넝쿨을 태울 여력이 없었다.

다른 자들도 싸우느라 남을 신경 써줄 겨를이 없었다.

결국, 그 검사는 키메라에게 몰리고 말았다.

"아아악!"

"내, 내가 도와줄게!"

이강현이 황급히 그쪽으로 다가가려는 찰나, 신한율이 매섭게 소리쳤다.

"이강현! 이 멍청한 놈아! 자리 지켜! 대열을 흐트러뜨리면 전세가 바뀐다고!"

"하, 하지만……!"

"소수를 위해 다수를 희생할 순 없어. 그게 전투의 기본이다! 백사자 클랜 들어가고 싶으면 그 자리 지키기나 해!"

이강현은 이를 악물더니 자리를 지켰다. 키메라에 물린 검사는 결국 그 자리에서 목숨을 잃고 말았다.

수 시간이 흐르고 마침내 전투는 끝이 났다.

「100마리의 연금혼합물 키메라를 처치했습니다.
다음 층으로 오르시겠습니까?」

싸움 끝에 남은 사람은 강윤수, 신한율 일행뿐이었다.

그만큼 치열한 전투였다.

강윤수의 레벨은 57까지 올랐다. 강윤수는 이번에도 역시 살해한 키메라들을 부활시켰다. 소환계에 보존한 언데드 키메라의 숫자도 400마리나 되었다.

전투가 끝난 뒤 다들 지쳐 있었다. 살아남은 자들은 모두 상처투성이였다.

"얼른 상처를 치료하고 다음 층에 오르자."

신한율은 배낭에서 치유포션을 꺼냈다. 한 개에 금화 10닢이나 하는 고급품이었다. 클랜에서 받은 지원물품이기도 했다.

신한율은 조심스레 다친 자들에게 치유포션을 아껴가며 발라주었다. 벌겋게 피를 흘린 상처가 천천히 아물었다.

그러면서 신한율을 흘깃 강윤수 쪽을 바라보았다. 강윤수 일행도 신한율 일행만큼은 아니지만 상당한 피해를 입은 참이었다.

신한율이 일부로 귀한 치유포션을 아껴온 것도 빠른 보스 전투를 위해서였다. 조그마한 부상이라도 다음 전투에 끼치는 영향은 막대하다.

전투만큼 중요한 것이 회복과 휴식이었다.

'다들 지치고 다쳤다. 하지만 우리 쪽이 부상을 훨씬 빨리 회복하고 있어. 최소 30분을 쉬더라도, 꼭대기 층은 우리가 먼저 오르겠군.'

기회가 된다면 강윤수가 마지막 층에 오르기 전에 보스 몬스터를 해치울 수도 있을 것이다.

하지만 신한율의 예상은 완전히 빗나갔다. 강윤수는 아무렇지도 않은 표정으로 배낭에서 치유포션을 꺼냈다.

그것을 샤네트, 샐리의 상처에 발라주었다.

화이트는 내키지 않는 듯 으르렁거렸으나 결국 강윤수의 손길을 받아들였다. 강윤수는 그 귀한 치유포션을 전혀 아끼지 않고 물처럼 쏟아냈다.

상처가 낫는 낌새가 느리다 싶으면 아예 포션을 더 꺼내서 퍼부어버렸다. 샐리는 소녀로 돌아오더니 포션 웅덩이에서 대놓고 굴렀다.

"우와! 샐리는 물 싫어하는데, 이건 너무 기분 좋아!"

포션을 아껴가며 바르던 신한율 일행은 멍한 얼굴로 그들을 바라보았다. 심지어 강윤수가 바른 치유포션은 신한율의 것보다 효과가 훨씬 좋아 보였다.

일행의 다친 상처가 순식간에 회복되었다.

'대, 대체 뭐지?'

신한율은 자신의 눈을 의심했다.

뛰어난 연금술사가 직접 제조한 최상급이 아니고야 치유포션의 약효는 저렇게 빠르지 않다. 무엇보다, 그가 놀란 점은 강윤수 자신은 전혀 포션을 쓰지 않았단 것이다.

그 치열한 전투 속에서도 상처 하나 입질 않았단 말인가? 신한율은 더 자세히 관찰하려 했으나 이미 강윤수 일행은 사라지고 없었다.

자신들보다 먼저 5층에 오른 것이다.

5층은 키메라 디멘션에서 가장 기묘한 공간이었다.

하늘에는 달과 별, 태양이 동시에 떠 있고 바닥에 푸르스름한 은하수가 흘렀다. 샐리는 활짝 웃으며 별가루를 양손에 담았다.

그러곤 강윤수를 향해 쪼르르 달려왔다.

"아빠, 아빠, 이거 봐라. 완전 예뻐!"

"가짜야."

"으아앙! 엄마!"

동심이 무참히 깨져버린 샐리를 샤네트가 열심히 토닥였다. 화이트는 사냥감을 찾아 주위를 두리번거리며 어금니를 내세웠다.

"캬르르릉……! 라루마크로?"

갑작스레 건너편의 공간이 울렁이더니 희미한 형체가 모습을 드러냈다. 인간과 비슷한 형체였으나 머리칼이 없고 몸 구석구석이 시커매 부자연스러운 생김새였다.

무엇보다 눈에 띄는 점은 오른팔에 부착된 검. 오른쪽 손바닥에서 돋아난 새카만 장검은 칼끝이 첨예했다.

갈라지는 목소리가 흘러나왔다.

"어리석은…… 연금술사들……."

「혼합 마법생명체 호문쿨루스 라비안(보스, 레벨 132)이 출현했습니다!」

키메라 디멘션의 보스 몬스터.

호문쿨루스 라비안은 고개를 천천히 까닥였다.

광활하던 공간이 크게 뒤틀렸다.

「라비안은 키메라 디멘션을 통제하는 존재입니다.
라비안을 쓰러뜨리면 폐쇄된 키메라 디멘션을 탈출할 수 있습니다.」

보스 몬스터를 죽여야만 살아나갈 수 있다. 이젠 이쪽도 전력을 다하지 않으면 안 되었다.

'라비안은 단칼에 쓰러뜨릴 수 있는 몬스터가 아니지.'

이 싸움은 장기전으로 끌고 가야 했다. 강윤수는 오른팔을 내뻗었다.

"다크 랜드웜 54마리 소환. 이블 키메라 400마리 소환."

이빨을 사납게 부딪치는 다크 랜드웜과 사나운 이블 키메라가 쏟아져 나왔다.

400이 넘는 언데드 군세.

강윤수는 호문쿨루스 라비안을 가리켰다.

"죽여라."

맹렬한 전투가 시작되었다.

샐리가 양손에 불꽃을 휘감더니 소리쳤다.

"불꽃무장!"

무기에 화염 속성을 추가하는 샐러맨더의 마법. 특히 전방의 언데드들은 전신이 화염으로 불타올랐다. 고통을 느끼지 않는 언데드라 불꽃을 휘감더라도 큰 충격은 없었다. 더군다나 불꽃을 휘감자 공격력도 훨씬 올라갔다.

전신을 불꽃으로 무장한 랜드웜과 키메라가 호문쿨루스를 향해 사납게 달려들었다.

"귀찮고…… 나약한 것들……."

호문쿨루스 라비안이 왼팔을 수직으로 내리그었다. 차원 일부가 열리며 사나운 키메라들이 뛰쳐나왔다. 불꽃에 휘감긴 언데드 군단과 흉측한 키메라들이 전면에서 충돌했다.

시체와 불꽃이 튀기는 전장. 라비안이 꺼낸 키메라들은 속박이나 교란 스킬을 쓰며 전장을 혼란케 했다. 언데드 군단은 개인적 강함이 아니라 숫자로 전세를 밀어붙였다.

강윤수는 대검을 휘둘러 키메라의 목을 잘라냈다. 힘의 조각이 개방되어 가는 샤네트도 괴력을 이용해 키메라를 베었다.

화이트는 폭풍처럼 질주해 가장 강한 존재인 라비안을 향해 돌진했다. 웬만큼 약한 녀석들로는 피의 야성이 채워지질 않았다.

"우르노크라-!"

백랑괴수의 발톱이 호문쿨루스의 목덜미를 노렸다.

라비안은 오른팔의 검을 재빠르게 휘둘렀다.

채앵-!

일합의 검격을 주고받은 화이트는 분하다는 듯 으르렁거리곤 뒤쪽으로 물러났다. 일대일 정면 승부로 이길 상대가 아니었다.

뭣보다 라비안의 검은 보통이 아니었다. 일반 철검이라면 당연히 박살 났어야 할 화이트의 공격을 몇 번이고 세차게 맞받아쳐 왔다.

"가소롭구나……."

라비안은 조소를 짓고 왼팔을 움직였다. 가벼운 표식을 그리고 호문쿨루스는 소리쳤다.

"연금술사들은 보아라……! 너희가 버린 잔재의 무서움을……!"

라비안의 주위로 푸른 마력이 흐르더니 공간 전체로 퍼졌다. 순간 쓰러져 있던 키메라 시체들이 꿈틀거렸다. 조각난 머리, 잘린 다리, 절단된 손가락 따위가 전부 꿈틀거렸다.

시체 부위들은 아군 언데드에게 붙어 고통스러운 충격을 주려 했다. 그때 강윤수가 소리쳤다.

"사체폭발."

콰강-!

"우윽……!"

라비안의 주변에 있던 키메라 시체들이 일순간 폭발했다. 폭발의 규모는 강렬했고 꿈틀거리던 시체 부위조차 남김없이 가루가 되어버렸다.

사체폭발은 강력한 스킬이지만 함부로 사용하다간 마력이 금세 동이 난다. 그러나 강윤수는 망설임 없이 폭발을 퍼부었다.

"사체폭발. 사체폭발. 사체폭발."

쾅-! 콰강-! 콰가강-!

연속으로 터지는 시체들.

남은 시신의 잔해가 꿈틀거릴지언정 그다지 피해를 주지 못했다. 라비안은 눈빛에 살기를 담고 강윤수를 노려보았다.

"네놈이…… 나의 복수를 방해하려 드는구나……!"

키메라 군세 뒤편에만 있던 라비안이 몸소 앞으로 나섰다. 오른팔의 장검이 피를 탐하듯 강윤수를 향해 겨누어졌다. 그러나 강윤수는 일대일 정면 승부를 펼치지 않았다.

"라이프 드레인."

강윤수의 대검 끝에서 청백색 기운이 흘러나와 라비온의 수명과 생명력을 흡수했다.

라비안은 더욱 거칠게 분노하며 칼을 휘둘렀다. 그러나 강윤수는 라비안이 다가올 때마다 다른 곳으로 피했다. 마치 라비안이 어디로 움직일 듯 알기나 하는 것처럼.

그는 소형폭탄을 던져 폭발을 일으켰다.

콰강-!

고온의 폭발이 라비안의 신체를 휩쓸었다. 그럴 때마다 라비안의 신체 일부가 손상되며 생명력이 깎여 나갔다.

"쥐새끼 같은 놈……!"

라비안이 오른팔의 검을 아군 키메라에게 내리꽂았다. 검에 찍힌 키메라는 고통을 호소하며 비쩍 말라버렸다. 그러자 라비안의 생명력이 회복되고 검의 파괴력이 강해졌다.

"너희 모두…… 죽을 것이다……!"

라비안은 닥치는 대로 언데드들을 베어 넘겼다. 이것이 호문쿨루스 라비안의 무서움이었다. 생명력이 떨어지더라도 검을 내질러 단박에 체력과 마력을 흡수한다. 키메라 디멘션의 보스 몬스터답게 굉장히 까다로운 상대였다.

라비안의 손에 수많은 언데드가 가루로 돌아갔고, 키메라들 역시 상당수 죽었다. 그러나 강윤수의 연속된 폭탄 투하, 라이프 드레인, 다른 아군의 협공으로 인해 라비안의 생명력은 빠르게 줄어갔다.

싸움이 정리되어 가는 찰나.

저편에서 빛이 일더니 네 사람이 나타났다.

"후, 이제야 올라왔…… 헉! 이게 뭐야?"

이강현은 놀라 입을 다물 수 없었다.

다른 사람들도 마찬가지였다. 보스 몬스터와의 전투가 예상보다 훨씬 격렬했다. 주변에는 키메라의 시체가 널려 있었고 전쟁이라도 한 것처럼 난장판이었다.

"우리도 합류하자. 내가 후방을 지원할 테니 전방을 맡아라."

신한율이 침착히 말했다.

일행들도 곧 침착함을 되찾고 고개를 끄덕였다.

"검의 혼!"

검사들은 일제히 고유스킬을 펼쳐 전장에 뛰어들었다. 그들이 강윤수 일행의 안위를 걱정할 때, 신한율은 다른 관점에서 생각했다.

'보스의 체력이 많이 줄었군.'

라비안은 거칠게 싸웠으나 굉장히 지쳐 보였다. 키메라의 생명력을 흡수하는 방식도, 강윤수가 연이어 던진 폭탄 때문에 무마되는 경우가 잦았다. 이대로는 강윤수에게 보스 몬스터 사냥 업적과 저 검을 뺏겨 버린다.

'그럴 수 없다.'

신한율은 입술을 깨물더니 배낭에서 곱게 접힌 양피지 한 장을 꺼냈다. 중급 마법이 적힌 매직스크롤. 찢기만 해도 마법의 효력을 발휘할 수 있는 스크롤은 굉장히 비싼 부류에 속했다.

단기간 레벨 100에 도달할 것을 맹세하며 클랜에서 어렵사리 받아낸 물품이었다. 헛방으로 썼다간 자책감이 들 뿐만 아니라 클랜의 경고도 받을 것이다.

'가릴 처지가 아니지.'

신한율은 망설임 없이 스크롤을 찢어버렸다. 기묘한 마력이 흘러나오더니 허공에 한데 뭉쳤다. 이윽고 생성된 것은 날렵한 전격의 창.

중급 마법 라이트닝 자벨린.

가까이 있는 것만으로도 푸른 전류가 파지직 흘러나왔다. 거기서 끝내지 않고 신한율은 소리쳤다.

"마나개방!"

소서러 클래스의 고유스킬.

한정된 마나를 일시적으로 개방해 하나의 마법을 크게 강화해 준다. 라이트닝 자벨린은 더욱 커져 전장을 휩쓸 만한 크기로 변모했다.

'이거라면 잡을 수 있다!'

신한율은 멀리 있는 라비안을 바라보았다.

거리가 있었지만 충분히 명중시킬 자신이 있었다.

"다들 멀리 피하십시오!"

신한율이 경고하자 전장의 사람들이 놀라며 양편으로 갈라졌다. 그는 라이트닝 자벨린을 힘차게 집어 던졌다.

전격의 창은 푸른 전류를 휘날리며 날아갔다. 그의 마법은 정확히 라비안의 가슴에 직격했다.

파지지직-!

세찬 전류가 주위를 휘감더니 새까만 연기가 피어올랐다. 빈사 상태나 다름없던 라비안은 죽어버렸는지 주위가 고요했다.

신한율은 안도의 미소를 지었다.

'끝났어. 확실하다.'

그 순간.

커다란 손이 새까만 연기를 날려 버렸다.

호문쿨루스 라비안은 조금도 다치지 않은 채 우뚝 서 있었다. 그뿐만이 아니었다.

라비안은 전격을 흡수해 더욱 크고 강력하게 변했다. 첨예한 칼날 주위로 세찬 전류가 날렵히 흘렀다.

"어리석은 것들……! 죽음을 자초하는구나……!"

「호문쿨루스 라비안이 중급 마법을 흡수했습니다.

검에 잠재된 힘이 개방되고 소실된 생명력이 회복되었습니다.」

신한율을 비롯한 전원이 경악한 표정을 지었다.

마법을 흡수하다니? 의뢰에서 얻었던 호문쿨루스의 정보에 그런 내용은 전혀 없었다. 신한율의 비장의 마법은 오히려 빈사 상태였던 보스 몬스터의 각성을 이뤄준 꼴만 되고 말았다.

순간 모두가 전의를 상실한 표정을 지었다.

그러나 단 한 명. 모두가 어쩔 줄 몰라 서 있을 때, 한 걸음 나아가는 남자가 있었다. 강윤수는 무심히 라비안을 향해 대검을 겨누었다.

라비안은 코웃음을 쳤다.

"이토록 강해진 나를 상대하겠다고……? 멍청하구나……."

"너는 마법을 흡수했을 때 죽여야 보상이 좋아."

라비안의 얼굴이 크게 일그러졌다.

"목숨이…… 아깝지 않은 모양이구나……!"

라비안이 전격을 휘감은 장검을 매섭게 휘둘렀다.
강윤수는 자세를 낮춰 일격을 피했다. 그 순간 팔에 착용한 은빛 갈기 손목보호대로부터 찬란한 광휘가 흘러나왔다.

「은빛 갈기 손목보호대의 특수성능이 시현되었습니다.
고대 늑대의 혼이 나타나 소유자에게 빙의됩니다.
소유자의 무기에 따라 빙의되는 늑대의 혼이 달라집니다.
단기간에 너무 많은 늑대의 혼을 불러내면 도리어 공격받을 수도 있습니다.
대검을 착용해 힘의 늑대가 현신합니다.」

울티카 유적에서 손에 넣은 보물, 은빛 갈기 손목보호대. 강윤수가 아이템에 부여된 마법을 지금 발현한 것이다. 손목보호대로부터 흘러나온 광휘가 희미한 형체를 불러냈다.
라비안보다 커다란 덩치를 가진 붉은 늑대였다.
[크르르르르!]
모두가 놀랐다.
특히 화이트는 세상이 무너진 것처럼 충격받은 표정이었다.
"카루크? 리로노모크!"
붉은 늑대는 사납게 울부짖었다.
[아우우우우-!]
늑대의 영혼이 달려와 강윤수의 몸에 흘러들었다. 붉은색

기운이 강윤수의 전신을 휘감았다.

「힘의 늑대 아우론이 소유자의 몸에 깃들었습니다.
완력이 크게 상승합니다.
근육량이 대폭 늘어납니다.
맷집이 강해집니다.
화상, 동상을 입더라도 활동에 큰 지장이 없습니다.
양손 무기를 한 손으로 들 수 있게 됩니다.
폭풍과도 같은 격렬한 움직임이 가능해집니다.
다만 일정 시간 후 죽음과 비견되는 근육통에 시달리게 됩니다.」

강윤수의 몸에 변화가 일어났다. 신장이 크긴 했지만 제법 말랐던 체형에 균형 잡힌 근육이 불어넣어 졌다. 강윤수는 상당한 거한이 되었다. 온몸에서 활력이 샘솟았다. 그러나 강윤수는 속으로 한숨을 쉬었다.

'고대늑대빙의는 효과는 좋지만, 부작용이 심하지. 되도록 빨리 끝내야 한다.'

"네놈…… 죽여 버린다……!"

라비안이 검을 휘둘렀다.

수십 줄기의 벼락이 강윤수를 향해 떨어졌다.

콰지지직-!

그러나 강윤수는 벼락을 피하지 않았다. 오히려 몸으로 전격을 받아내어 버텼다. 엄청난 고통이 몸을 휘감았으나 그의 얼굴은 변함없이 무표정했다. 강윤수가 온몸으로 전격을 막아낸 덕분에 뒤에 있던 사람들이 무사할 수 있었다.

"강윤수 님!"

샤네트가 애타게 소리쳤다.

지금껏 강윤수가 해괴망측한 기행을 벌인 적은 있지만, 상처를 입은 것은 단 한 번도 보지 못했다. 그랬던 강윤수가 온갖 상처를 견뎌가며 몬스터와 대적하고 있다.

사이드를 쥔 그녀의 손아귀에 힘이 들어갔다. 강윤수는 벼락을 맞고 견뎌냈다. 온몸에서 검은 연기가 피어올랐으나 그는 대검을 세게 쥐었다.

팔목에서부터 핏줄이 굳게 솟아났다. 강윤수는 달려가 대검을 세차게 휘둘렀다.

퍼걱-!

화이트의 일격에도 자리를 지켰던 라비안이 뒤로 나가떨어졌다. 가슴을 크게 베인 호문쿨루스는 낮은 비명을 질렀다.

"크어어어억……!"

강윤수의 일격은 위력도 강했지만 피할 수 있는 속도가 아니었다. 기본적으로 대검의 파괴력은 강하나 속도가 느린 것이 보통이었다.

그러나 강윤수가 내지른 대검은 민첩하고 굴곡진 궤도를 그렸다. 검에 베인 라비안은 큰 충격을 입고 뒤로 밀려났다.

그러나 쓰러지지 않고 라비안 역시 사력을 다해 장검을 내찔러왔다.

“잿더미가…… 되어라……!”

콰지지직-!

수많은 벼락 줄기와 함께 쏟아지는 검격. 강윤수는 하나도 놓치지 않고 공격을 모조리 받아쳤다. 휘두르는 것이 대검이라고는 믿을 수 없는 연속 공격이 펼쳐졌다.

전격에 닿을 때마다 손바닥이 뜨겁게 타올랐으나 그는 무심하게 대검을 휘두를 뿐이었다. 그러나 라비안의 연속된 검격에 강윤수의 마체테에 조금씩 금이 가기 시작했다.

“샤네트, 샐리, 화이트, 나를 도와라.”

연속되는 이변에 멍하니 있던 셋은 정신을 되찾았다. 샐리는 모두의 무기에 화염을 불어넣고 도마뱀으로 변신해 화염의 진노를 사용했다. 화이트는 으르렁거리더니 방금과 확연히 달라진 태도로 전투에 임했다.

아까까진 격노에 이끌려 싸웠다면, 지금은 확실히 강윤수를 돕기 위해 싸웠다. 샤네트는 별다른 기술을 지니고 있진 않았지만 그를 돕고 싶다는 일념 하나로 달려가 전투에 참전했다.

비록 조금이었지만, 라비안에게 점차 피해가 쌓이기 시작했다.

“우, 우리도 도와야 하지 않을까요?”

이강현이 신한율을 돌아보며 말했다.

그러나 신한율은 자신의 마법이 라비안을 성장시키고 말았다는 절망감에 빠져 제대로 된 판단력을 잃고 있었다. 그가 우물쭈물 가만히 있자 이강현은 입술을 깨물더니 다른 인원들을 향해 소리쳤다.

"가자! 우리도 가서 강윤수 씨를 돕자!"

"으아아아!"

검사들도 죽을힘을 다해 칼을 휘둘렀다. 라비안이 장검을 휘두를 때마다 벼락이 쏟아졌지만, 그럴 때마다 강윤수가 나서서 몸으로 공격을 받아냈다. 제아무리 강화된 맷집이 있다곤 하지만 초인적인 정신력이 없다면 불가능한 일이었다.

강윤수가 대검을 휘두를 때마다 라비안은 이를 악물고 받아쳤다. 힘에서는 강윤수가 압도했으나 마체테는 서서히 칼끝까지 갈라져 갔다.

칼끝이 갈라지자 대검의 공격력은 현저히 떨어졌다.

"샤네트."

강윤수가 낮고 침착히 말했다. 샤네트는 상황을 곧바로 이해하고 그녀의 사이드를 힘껏 던졌다. 강윤수는 왼손으로 사이드를 들고, 오른손에 대검을 쥔 채 화염으로 감싼 두 무기를 교차해 세차게 내리그었다.

서걱-!

호문쿨루스의 가슴이 갈라졌다.

라비안은 마침내 숨을 거두고 말았다.

"미네르바…… 모든 연금술사에게 피의 복수를……!"

호문쿨루스의 새카만 전신이 가루가 되어 사라졌다.

그저 붉은 심장과 기다란 장검만이 남았다. 강윤수는 호문쿨루스가 떨어뜨린 전리품을 챙기고 그 자리에 주저앉았다. 근육으로 부풀었던 신체가 급속도로 원상태로 돌아왔다.

그는 조각난 마체테를 던져 버렸다.

「혼합마법생명체 호문쿨루스 라비안(보스, 레벨 132)을 쓰러뜨렸습니다.

레벨이 16 올랐습니다.」

"이, 이겼다!"

"살았어! 이젠 살았다고!"

이강현 일행은 서로 끌어안았다.

그 순간이었다.

쩌저저저저적……!

"고, 공간이 무너진다!"

"보스가 죽어서 키메라 디멘션이 붕괴하는 거야!"

"이젠 나갈 수 있어!"

저 멀리 공간의 틈이 보였다.

화이트와 샐리는 서둘러 소환계로 돌아갔고 사람들은 출구를 향해 전력으로 뛰어갔다. 샤네트가 다급히 강윤수를 돌아보았다.

"강윤수 님, 어서 나가지 않으면 위험해요!"

그러나 강윤수는 일어나지 않았다. 일어나기는커녕 오히려 뒤쪽으로 쓰러져 버렸다. 샤네트는 두 눈을 크게 떴다. 강윤수의 전신이 조금씩 떨리고 있었다. 부풀었던 근육이 원상태로 복귀되면서 끔찍한 근육통이 일어났다. 거기다 전격으로 입은 피해도 심하게 축적되어 있었다.

'죽겠군.'

그는 몸을 자력으로 움직이지 못했다. 당황한 그녀가 어쩔 줄 모르고 있자 강윤수가 나지막이 말했다.

"샤네트."

"네?"

강윤수는 진지하게 말했다.

"업어줘."

"……!"

샤네트는 강윤수를 힘차게 업었다.

두 사람은 무너져 내리는 키메라 디멘션으로부터 출구를 향해 죽을힘을 다해 내달렸다.

8장
전설 의뢰

연금술 클랜 건물.

키메라 디멘션에서 무사히 탈출한 사람들은 건물 안으로 이전되었다. 그들이 걸어 나온 벽난로는 차원이동의 기능을 상실하고, 원래처럼 온전한 불꽃을 피워냈다.

"감사합니다! 정말 감사합니다!"

"이 은혜, 절대 잊지 않겠습니다!"

이강현을 비롯한 남자들이 몇 번이고 강윤수에게 고개 숙여 인사했다. 벼락을 온몸으로 막아내고 라비안을 죽인 강윤수. 그가 아니었다면 그들 모두 죽은 목숨이나 다름없었다. 그러나 강윤수는 묵묵히 자신의 손목과 발목을 부지런히 풀어 줄 뿐이었다.

"아무래도 많이 피곤하신가 봐요."

강윤수의 종아리를 꾹꾹 주무르던 샤네트가 재빨리 대답했다. 사교성이라곤 정말 눈곱만큼도 없는 강윤수였기에 그녀라도 변명해 준 것이다.

강윤수의 대답이 없었지만, 이강현 일행들은 감사 인사를 몇 번이고 전했다. 이강현은 낡은 배낭에서 가죽 주머니를 꺼내 답례까지 하려고 했으나 강윤수가 고개를 가로저었다.

"필요 없어."

"그런가요? 사양하실 필요 없는데."

이강현은 고개를 돌렸다.

그는 혼자 우두커니 서 있는 신한율을 째려보았다.

"한율 형도 뭐라고 감사 한마디는 하셔야죠?"

다른 검사들의 시선도 별반 좋지 않았다. 신한율은 이미 일행의 신뢰를 잃어버린 뒤였다. 이미 동료를 버리라고 했던 그의 명령에서부터 그들의 존경심은 흔들리기 시작했다.

더군다나 그의 마법이 역효과를 내어 자칫 죽을 뻔하지 않았는가. 비록 예상치 못했던 결과였을지라도 그런 돌발 상황에서 시기적절한 명령을 내리는 것이 신한율의 역할이었다.

한참 입을 다물고 있던 신한율이 말을 꺼냈다. 그러나 감사 인사와는 거리가 멀었다.

"당신, 라비안이 마법을 흡수할 거란 걸 알고 있었죠?"

강윤수는 침묵했다.

신한율은 바보가 아니었다. 그는 망설이지 않고 말했다.

"아까 당신이 말하지 않았습니까. 너는 마법을 흡수했을 때 죽여야 보상이 좋다고. 강윤수 당신은 보스 몬스터가 마법을 흡수한다는 사실을 알고 있었어요. 그런데 왜 소서러 클래스였던 내게 그 사실을 가르쳐 주지 않았던 겁니까?"

"이봐요, 한율 형. 그래도 강윤수 씨가 몸소 싸워준 덕분에 사상자는 한 명도 없었잖아요."

이강현이 변호하고 나섰으나 신한율은 사나운 표정을 지을 뿐이었다.

"시끄러워. 이 사람이 나한테 정보를 주기만 했어도 그 귀한 마법스크롤을 헛방으로 날리진 않았어."

그는 오히려 성을 냈다.

"생각해 보니 이상하군. 라비안을 죽여야 키메라 디멘션에서 탈출할 수 있다는 건 또 어떻게 알고 있었지? 당신 대체 뭡니까?"

그때 강윤수가 입을 열었다.

"알고 있었어."

신한율은 신랄하게 비아냥거렸다.

"하! 그럴 줄 알았어. 혼자 좋은 보상 얻겠답시고 다른 사람들까지 위기로 내몬 겁니까? 자칫하면 다른 사람이 죽을 수도 있었어요. 그깟 영웅 행세가 그렇게도 하고 싶었나 보군요?"

강윤수는 천천히 일어났다.

그는 신한율에게 걸어갔다. 강윤수는 오른손을 내뻗었고,

신한율은 경계심 가득한 태도를 보였다. 잠시 후, 강윤수는 백사자 망토의 죔쇠를 거머쥐었다. 그 자리에 있던 사람들 모두의 눈동자가 커다래졌다.

아주 잠깐 사이에, 강윤수는 신한율의 망토를 가볍게 훔친 것이다. 강윤수의 손길은 자연스러웠고 망토를 강탈하는 장면도 거의 눈치챌 수 없었다.

수십 년 된 도적이라도 저런 손재주를 갖추긴 어렵겠다는 감탄까지 들 정도였다.

당황한 신한율이 말했다.

"뭐, 뭡니까? 이젠 남의 망토까지 훔쳐 입으려고요?"

강윤수는 고개를 가로저었다.

"말했잖아. 알고 있었다고."

강윤수는 백사자 망토를 벽난로를 향해 던졌다. 불꽃이 이글거리던 벽난로 안에서 망토는 서서히 타들어 갔다.

샤네트는 의아한 표정을 지었다. 왜 강윤수가 갑자기 저런 의미 없는 행동을 하는 걸까? 그는 결코 감정에 휘둘려 섣부른 짓을 할 위인이 아니었다.

그러나 샤네트와 다른 사람들의 반응은 현저히 달랐다.

"뭐, 뭐야?"

"저 망토가 뭐 저렇게 간단히 불타?"

"백사자 클랜에서 지급하는 망토는 와이번 가죽으로 만들어졌잖아. 화염에는 절대 내구력이 손상되지 않을 텐데?"

이강현 일행은 백사자 클랜에 지원하길 애타게 바랐던 사람들이었다. 그만큼 클랜의 상징이나 다름없는 백사자 망토에 관해선 웬만큼 꿰고 있었다.

강윤수는 벽난로에서 불에 탄 망토의 일부를 꺼냈다. 왕좌를 향해 울부짖고 있는 흰 눈동자의 백사자가 그려진 부위였다.

"원래 백사자 클랜에서 지급하는 망토의 백사자 눈동자는 푸른색이다. 이 사자의 눈동자는 흰빛이고. 시간이 지나 저가 염료가 탈색됐지. 이 망토는 모조품이다."

신한율을 바라보는 사람들의 시선이 달라졌다. 특히 이강현 일행은 손까지 부들부들 떨었을 정도였다. 백사자 클랜에 들어가는 것 하나만 바라고 같이 다녔는데, 알고 보니 사기꾼이었단 말인가?

그러나 신한율은 대놓고 불쾌한 표정을 지었다.

"웃기지 마요! 증거 있습니까?"

신한율의 낯짝은 두꺼웠다.

그러나 확실한 물증은 어디에도 없었다. 남쪽 변방 지역인 이곳에는 망토를 대조할 만한 백사자 클랜 일원조차 없었다.

"참나, 어이가 없군요. 물증도 없이 멀쩡한 백사자 클랜 일원을 이렇게 몰아가다니. 아까운 망토만 날렸네. 젠장."

그러나 성깔 있는 표현과 달리 신한율은 재빨리 클랜 건물을 벗어나려 했다. 바로 그때 커다란 목소리가 울렸다.

약간 웃음기가 담겼으나 자신감 있는 어조였다.

"걱정하지 마시길! 증거가 여기 제 발로 걸어왔습니다."

인상적인 풍채의 남자가 연금술 클랜 건물로 걸어왔다. 회백색 갑주와 휘황찬란한 망토는 척 봐도 그의 레벨이 상위권이란 것을 알려주었다.

남자의 망토 문양을 바라본 이강현과 남자들은 입을 떡 벌었다.

"희, 흰 사자와 맞물린 하얀 불꽃 문양!"

"황제의 재단사가 손수 만든 백사자 털가죽의 유일 등급 망토!"

그들은 서로를 바라본 뒤 마른 침을 꿀꺽 삼켰다. 도저히 믿을 수 없다는 표정이었다. 이강현이 떨리는 목소리로 물었다.

"서, 설마. 하, 한세현! 배, 백사자 클랜 대장 한세현이신가요?"

남자는 뺨을 긁적이더니 겸연쩍은 표정을 지었다.

"원래 그렇게 딱 외견만 보고 알아보는 사람은 거의 없는데…… 보기보다 관찰력이 뛰어난가 봅니다?"

"아아악! 사인 좀 해주십쇼!"

이강현과 남자들은 심장이라도 얼마든지 떼어 줄 듯한 표정이었다.

한세현은 웃으며 점잖게 사양했다.

반면 신한율은 격한 목소리로 소리쳤다.

"한세현? 백사자 클랜 대장? 웃기지 마! 그런 거물이 뭘 하러 이딴 외지까지 제 발로 걸어오겠어?"

"흐음. 물론 백사자 클랜의 대장은 귀찮은 걸 싫어하지."

한세현은 싱긋 웃음을 지었다. 겉으론 웃고 있는 것이 분명했으나 그 속내는 무엇보다 차가워 보였다.

"백사자 클랜 대장은 웬만하면 수도 본부를 벗어나지 않아. 그런 내가 친히 이곳까지 온 이유 두 가지를 들어보지."

한세현은 검지를 펴 보였다.

"첫째, 이곳 키메라 디멘션에 내가 애타게 찾던 의뢰의 단서가 있단 소문을 포착했다. 그것만으로도 수도 본부에서 이쪽 변방까지 건너올 이유는 충분했지. 하지만 아쉽게도 누군가 먼저 키메라 디멘션은 이미 공략해 버린 뒤더군."

그리 말하며 한세현은 강윤수를 슬쩍 바라보았다.

그러나 곧 시선을 돌리곤 말을 이었다.

한세현의 목소리는 차가웠다.

"둘째, 강윤수란 사람이 연금술 클랜을 통해 제보를 해줬더군. 어떤 버러지 같은 새끼가 감히 내 클랜의 일원을 사칭하고 있다고 말이야. 덕분에 일정을 빨리 진행해서 이곳까지 날아왔지."

강윤수가 연금술 클랜에 처음 들렀을 때 전서구를 보냈던 인물. 그 사람이 바로 백사자 클랜 대장 한세현이었다.

"마, 말도 안 돼! 나, 나 하나 잡으려고 백사자 클랜 대장을 불러왔다고?”

신한율이 현실을 부정하고 싶은지 과장스럽게 소리쳤다. 그는 상상 못 할 두려움에 몸을 떨었다. 한세현이 다가오는 순간, 신한율은 이를 악물고 상의를 끌어 내렸다.

악마처럼 흉하게 일그러진 흑색 호랑이의 문신이 쇄골에 새겨져 있었다.

“가, 가까이 오지 마! 백사자 클랜 대장이라면, 이 문신이 어떤 의미인지는 알겠지? 네가 날 건드리면, 우리 클랜에 대한 선전포고다!”

“흐음. 사내놈 쇄골 훔쳐보는 취미는 없는데 말이야.”

한세현은 싱긋 웃더니 가볍게 그의 문신에 손가락을 날렸다.

뿌드득-!

신한율의 쇄골이 순식간에 박살 났다.

“끄아아악-!”

엄청난 격통에 신한율은 비명을 내질렀다. 한세현은 한 손으로 그의 멱살을 쥐어 잡았다. 방금과 비교도 할 수 없을 정도로 험악한 목소리가 흘러나왔다.

“선전포고? 웃기지 마라. 새끼 고양이를 두려워하는 사자를 본 적 있나?”

“켁! 케켁-!”

신한율이 고통스럽게 목을 쿨럭였다.

그러나 한세현은 자비심 없는 어조로 말했다.

"역시 흑호 클랜 녀석이었군. 요즘 뒷세계에서 제법 유명해졌다고 간이 배 밖으로 튀어나오셨군. 아직도 너희 대장은 마약 밀매로 재미를 보고 있나?"

"케…… 케켁! 죄, 죄송합니다. 제, 제발 살려주세요! 제발!"

"네깟 잔챙이 죽여 봤자 내 손만 더럽힐 뿐이지. 대장한테 전해라. 또 나랑 붙겠답시고 그깟 망토나 위조하고 다닌다면, 네놈 모가지가 위험할 거라고. 아니, 그보다 너, 대장한테 직접 말을 전할 위치는 되냐?"

"저, 전하겠습니다……! 꼬, 꼭 전하겠습니다아……!"

한세현은 귀찮다는 듯 신한율을 던져 버렸다. 신한율은 굴러떨어지듯 바닥에 넘어졌다. 그는 비틀거리며 연금술 클랜 건물을 뛰어 나갔다.

이강현과 남자들은 열렬히 환호했다.

"저, 정말 멋있습니다!"

"제 이름은 김상철입니다! 꼭 기억해 주세요!"

"저, 저는 안형수예요! 저도 기억해 주세요!"

한세현은 그 말을 듣는 둥 마는 둥 하고 그들을 지나쳐 강윤수에게 걸어갔다.

그는 싱긋 웃곤 말했다.

"이름이 뭔가요?"

"강윤수."

“나한테 제보를 해준 사람이 당신이었군요. 멀리서 왔더니 허기지네요. 여독을 풀 겸 식사를 하려고 하는데, 함께하시겠습니까?”

“싫어.”

“예?”

설마 거절당할 줄은 몰랐다는 듯 한세현이 당황한 표정을 지었다.

곁에 앉아 있던 샤네트가 재빨리 말했다.

“무례를 용서하세요. 강윤수 님은 그렇게 말해선 안 통할 거예요.”

그녀의 말에 한세현은 픽 웃었다.

“그럼 우리 부대장만큼이나 아리따운 아가씨, 저 무뚝뚝한 남자와 함께 식사할 방법을 알고 계시나요? 아, 그리고 괜찮으시다면 이름도 좀.”

“저는 샤네트 엘로그란이에요. 그리고 음…… 그거라면 말이죠.”

샤네트는 그에게 귓속말을 속삭였다.

한세현은 의아한 표정을 짓더니 반신반의하며 강윤수에게 걸어갔다. 그는 가볍게 말했다.

“술 한잔합시다.”

“좋아.”

한세현은 강윤수를 낡은 술집에 데려갔다. 피곤해진 샤네트는 먼저 여관으로 가 쉬겠다고 말했다.

이강현과 남자들은 무슨 일이 있어도 한세현을 쫓아오려 했지만, 그는 강윤수와 단둘이 이야기하고 싶다며 단호히 그들과의 합석을 거절했다.

두 사람은 구석 탁자에 앉아 주문을 넣었다.

"라임 술 두 잔. 그리고 느끼하지 않은 안주."

"아, 네, 네, 알겠습니다."

한세현이 싱긋 웃자 여급이 수줍게 얼굴을 붉히더니 도망치듯 주방으로 달려갔다. 이제 주방에선 아낙네들이 낯선 미청년들에 관해 수다를 떨어 댈 것이 분명했다.

라임 술은 큰 잔에 담겨 나왔다. 안주로 나온 닭날개 구이도 노릇노릇한 껍질에 윤기 있는 기름기가 쌓여 있었다.

한세현은 갑옷의 노끈을 풀고 편하게 앉았다.

"귀찮은 것 좋아합니까?"

"아니."

"나도 싫어요. 그러니 본론부터 말하겠습니다."

라임 술을 한 모금 마신 뒤 한세현이 말했다.

"키메라 디멘션 최상층 보스 몬스터, 라비안을 당신이 죽였다고 연금술 클랜에서 들었습니다."

강윤수는 술잔에서 입을 떼지 않고 고개를 천천히 끄덕였다. 상당히 기묘한 동작이었으나 한세현은 그리 신경 쓰지 않았다.

한세현은 닭날개 구이 하나를 씹어 삼켰다.

"그 호문쿨루스를 잡은 뒤 썩지 않는 심장을 당신은 손에 넣었을 겁니다. 그 심장을 당신에게서 사고 싶습니다."

"안 팔아."

"원하신다면, 레벨에 연연하지 않고 편히 살아갈 수 있을 만큼의 금액을 드릴 수도 있습니다."

"안 판다고."

"그럼 죽여야겠는데."

강윤수는 무심한 눈길로 한세현을 바라봤다. 한세현은 싱긋 미소 지었다. 그의 입술은 여전히 웃음을 머금고 있었으나 눈매만큼은 차가웠다.

"안 팔 거라면서. 그럼 죽이고 뺏어야지. 다른 방법이 있나."

한세현은 자연스레 말을 놓았다. 애당초 강윤수가 먼저 반말을 쓰고 있었으니 말이다. 그때 한세현이 몸을 앞으로 기울여 강윤수에게 다가갔다.

그는 검지를 자연스레 강윤수의 목에 겨누었다. 그러자 강윤수의 목덜미에는 핏방울이 맺혔다. 날카로운 단면에 베이기라도 한 것처럼.

이상할 정도로 예리함을 지닌 손가락이었다.

'검신화(劍身化) 스킬.'

한세현이 가진 유니크 스킬.

손가락이라도 잠시 동안 칼날과 같은 예리함을 겸비하게 해준다. 한세현은 현 대륙의 여행자 중에서 가장 드높은 강자라고 해도 과언이 아니다.

예전에 암살자로 활동했던 삶에서 한세현의 암살 의뢰를 받았다가 죽을 뻔한 적이 한두 번이 아니었다.

그러나 그것은 옛일이다. 일천 번째 삶에서 한세현을 죽일 생각은 없었다. 한세현은 여전히 미소 지은 채로 손가락을 부드럽게 휘저었다.

"당신이 머리가 나쁘지 않았으면 좋겠어. 세상 모든 사람이 살인을 기피하는 것은 아니거든."

강윤수는 무심히 한세현을 바라봤다.

"알아."

"그럼 라비안의 심장 내놔."

"싫어."

한세현이 살짝 어이없는 표정을 지었다.

"그럼 죽으려고?"

"아니."

"대체 무슨 소리야?"

"넌 날 죽일 수 없어."

"흐음. 그걸 어떻게 확신하지?"

"너는 황제가 되고 싶어 하니까."

한세현은 손가락을 칼날처럼 비스듬히 세웠다.

그의 눈빛이 묘해졌다.

"내가 황제가 되고 싶어 한다고?"

"어."

"그걸 네가 어떻게 아는데."

"백사자는 왕좌를 향해 울부짖는다."

백사자 클랜이 지급하는 망토의 형상에 관해서였다.

강윤수는 담담히 말했다.

"맹수는 이유 없이 포효하지 않아. 먹잇감을 향해서만 울부짖지."

순간 목덜미에 닿아 있던 손가락의 예리함이 사라졌다. 평범한 손가락의 감촉만이 느껴졌다. 한세현은 손가락을 내렸다.

그는 잠시 침묵했다.

"하하핫!"

별안간 한세현은 웃음을 터뜨렸다. 반면 강윤수는 무표정했다. 그러나 아랑곳하지 않고 한세현은 숨이 막혀라 웃으며 기뻐했다.

"처음이야! 이쪽에 넘어온 뒤로 이렇게 재밌는 남자는 처음 만났어. 정말이지 너무 마음에 드는군. 목덜미에 칼이 들어왔는데도 너처럼 담담하게 말하는 녀석은 처음 본다. 이거, 얘기를 좀 더 하고 싶어졌는데?"

"듣기 싫은 말이군."

강윤수의 대답은 차가웠다. 그런데도 한세현은 싱글벙글 웃었다. 방금 예의를 차리며 지었던 웃음과는 확연히 달랐다.

강윤수는 낮게 말했다.

"현재 진행하고 있는 의뢰는 그만둬라. 어차피 너는 완수하지 못해."

"나보고 라비안의 심장을 포기하라는 말이군? 그럼 너는 나한테 뭘 해줄 생각이지?"

"너를 황제로 만들어주겠다."

한세현은 눈을 빛냈다.

"네가…… 나의 엠페러 메이커(Emperor maker)가 되겠다고?"

"어."

강윤수는 고개를 끄덕였다.

이 한 마디로 앞으로의 여정이 훨씬 수월해질 것이 분명했기 때문이다.

"무슨 수로?"

"방법은 있어."

두 사람은 오래도록 대화를 나누었다. 강윤수의 말을 들을수록 한세현의 표정은 진지해졌다. 처음에는 흐릿한 윤곽에 불과하던 것이 구체적인 형태로 변해 갔다.

적대 클랜의 본부 위치. 첩자를 심기 위한 동향. 자신이 숨어 들어갈 수 있는 루트! 극비의 정보가 강윤수의 입에서 수도 없이 흘러나왔다.

강윤수를 바라보는 한세현의 시선이 달라졌다.

애기를 마쳤을 때는 이미 석양이 져 있었다. 술집에서 나온 뒤 한세현은 강윤수에게 손을 내밀었다.

"지금부터 나는 널 믿기로 했다. 네가 말한 그 시기에 인원을 풀어 그 클랜을 습격하겠어. 물론 그때 나도 거기에 잠입할 테고."

그의 목소리에는 단호한 확신이 깃들어 있었다.

"앞으로 우린 암묵적 동맹이다. 나는 네가 무엇을 하든 전폭적으로 지지할 것이고, 너 역시 나의 계획을 도와라."

"악수하기 싫어."

"그래? 결벽증이라도 있나 보군."

한세현은 멋쩍게 손을 거두었다. 사실 그는 검신화 스킬을 아직 해제하지 않았다. 말은 암묵적 동맹이라 했지만, 의심을 지니고 강윤수의 통찰력을 시험해 본 것이리라.

그가 한 가지 제안을 해왔다.

"그보다 너, 혹시 백사자 클랜에 들어올 생각 없냐? 솔직히 너 정도라면 지부장급으로는 금방 승급시켜 줄 수 있다. 레벨마다 아이템도 최상급으로 지원해 주지. 다른 사람한테는 절대 주어지지 않는 특권이야."

"전혀."

한세현은 헛웃음을 지었다.

"이런 제안을 단박에 거절하다니. 넌 정말 목석보다 감정이 무딘 놈이군?"

"너는 귀찮은 놈이지."

한세현은 킥킥 웃더니 강윤수의 가슴을 주먹으로 툭 쳤다. 검신화 스킬을 해제했다는 의미였다. 한세현이 친근하게 말했다.

"수도에 도착하면 나부터 먼저 찾으라고. 그때는 이렇게 낡은 술집이 아니라 제대로 된 곳에서 술을 대접할 테니. 아, 그리고 그 예쁜 대륙인 아가씨도 데려오고."

강윤수는 천천히 고개를 끄덕였다.

한세현은 싱긋 웃더니 오른팔을 내뻗었다.

"그리폰 아르미얀 소환."

황금빛 날개를 가진 그리폰이 화려한 빛과 함께 나타났다. 사람들의 시선이 순식간에 쏠렸다. 너무 이목을 끌어버리기 전에 한세현은 재빨리 그리폰 위로 타올랐다.

그는 강윤수를 바라보며 말했다.

"앞서 말한 대로, 네가 나에게 오길 기다리겠다. 너와 나눴던 대화는 절대 잊지 않겠어. 너와 내가 했던 그 약속, 절대 잊지 말길 바란다."

"어."

강윤수는 짧게 대답했다.

그리폰은 날개를 퍼덕이더니 창공을 향해 높이 날아올랐다. 한세현의 뒷모습은 금세 사라졌다.

강윤수는 여관에 도착하자마자 방으로 들어갔다. 머리칼을 흐트러뜨린 샤네트가 베개에 침을 잔뜩 흘리며 자고 있었다.

아드레날린 비약의 후유증 탓에 몸이 지쳐버린 것이다. 강윤수가 들어오자 그녀가 잠이 덜 깬 얼굴로 고개를 들었다.

"쓰읍…… 다녀오셨어요? 얘기는 많이 하셨나요?"

"지나칠 정도로."

강윤수는 샤네트가 누워 있는 침대에 쓰러지듯 엎드려 누웠다. 샤네트는 너무 피곤해 그가 옆에 누웠다는 사실조차 인지하지 못했다.

'피곤해.'

강윤수는 기절이라도 하듯 곧바로 잠에 빠졌다.

밝은 아침 햇살이 창가를 관통했다.

샤네트는 깨어나자마자 경악했다.

자신의 옆에서 강윤수가 얼굴을 가까이 둔 채 잠에 빠져 있었기 때문이다. 그의 가느다란 숨소리가 귓속을 간질였다.

그뿐만이 아니었다. 강윤수의 배낭에서 축축하고 붉은 고깃덩이가 흐느적흐느적 빠져나왔다. 고깃덩이는 마치 민달팽이처럼 기어 다니며 바닥을 피로 물들이고 있었다.

질퍽…… 질퍽…….

생명체처럼 저 혼자 움직이는 심장.

기괴한 광경이었다.

"꺄아아악!"

샤네트는 아침부터 비명을 내질렀다.

"강윤수 님! 강윤수 님!"

"왜."

방금 일어났을 터인데도 강윤수는 평소와 다름없는 목소리로 대답했다. 샤네트는 기겁하며 배낭 쪽을 가리켰다.

"저, 저것 보세요! 배, 배낭에서 심장이 혼자 튀어나왔어요!"

부스스한 머릿결의 강윤수는 천천히 일어섰다. 그가 일어나자 흐느적거리던 심장이 갑작스레 단단해졌다. 심장의 혈관이 뾰족한 송곳처럼 변하더니 강윤수를 향해 날아들었다.

착-!

강윤수는 날아온 심장의 송곳을 한 손으로 낚아챘다.

그러곤 단숨에 찢어버렸다.

피가 사방으로 튀며 샤네트까지 피범벅이 되어버렸다.

「호문쿨루스 라비안의 생명심장을 파괴했습니다.
대연금술사 미네르바가 남긴 단서를 찾아냈습니다.
최후의 네크로맨서 나크론의 비기를 물려받았으므로 수행자의 자격이 입증되었습니다.
고대의 영웅과 관련된 전설 의뢰를 수행하시겠습니까?」

"한다."

「전설 의뢰 과정에서 수행자는 수많은 죽음의 위기를 거쳐야 합니다. 당신의 선택은 훗날 대륙의 존망을 가르게 될 것입니다. 또한, 의뢰 도중에 그만둘 수 없습니다. 이 의뢰 권유는 신중히 결정해야 합니다. 정말 수행하시겠습니까?」

"한다고."

강윤수는 피도 닦지 않은 채 바로 침대에 엎드렸다.

그는 금세 도로 잠이 들었다.

금방 잠든 강윤수를 보다가 샤네트는 피에 젖은 머리칼을 매만졌다. 그녀가 심란하게 중얼거렸다.

"아침 댓바람부터 이게 무슨 난리람……."

9장
지금의 당신은 그때의 당신이 될 수 없다

샤네트는 자신이 강윤수와 한 침대에서 잤다는 사실을 깨닫고 기겁했다.

'다른 남자랑 한 침대에서 잤다니…… 아무리 피곤했다지만 정말…… 내가 미쳤나봐.'

얼굴이 화악 달아오를 것만 같았다. 그녀는 씻고 난 뒤 괜스레 배를 쓰다듬었다.

'내가 잘 때 이불은 제대로 덮고 잤던가? 혹시 자다가 내 뱃살을 드러내기라도 했다면…… 상상도 하기 싫어.'

강윤수는 오후가 돼서야 일어났다. 샤네트가 가져다준 점심을 뒤늦게 먹고서 그가 말했다.

"공방에 들렀다가 힐레단을 떠나자."

"공방이요? 뭘 사시려고요?"

"네 무기를 만들 거야."

샤네트는 두 눈을 동그랗게 떴다.

"제 무기를요?"

확실히 그녀의 사이드는 라비안과의 전투 이후로 날이 닳아 있긴 했다. 켈린 영지에서부터 써오던 무기였고 워낙 거칠게 다뤘으니 그럴 만도 했다.

'키메라 디멘션은 깨고, 전설 의뢰도 받았다. 아직까진 무난하군. 일단 무기부터 제작하고 전설 의뢰를 수행해야겠어.'

잠이 덜 깨서인지 강윤수는 정신이 아릿했다. 샤네트는 약간 걱정스러운 표정을 지었다. 그녀는 자신의 배를 바라보며 살짝 쓰다듬었다.

"제 배, 혹시 만지진 않으셨죠?"

그때였다.

강윤수의 무심한 눈동자가 파르르 떨렸다.

"아."

일순간이었다.

살며시 전생이 떠올랐다.

주위가 허물어지고 세상이 뒤바뀌었다.

샤네트는 지금보다 성숙해졌고, 실내도 초라하고 안락한 풍으로 바뀌었다.

서로 입고 있던 옷도 달라졌다.

샤네트는 본래 화사한 외견이 아닌, 화상 자국이 짙게 남은 흉측한 외모였다.

그러나 그녀는 누구보다 아름다웠다.

강윤수는 주위를 둘러봤다.

자신이 아직 세상에 지치지 않았을 무렵이었다.

샤네트가 부푼 배를 끌어안고 미소 지었다.

"우리 아기의 이름은 뭐로 지을까요?"

전생의 자신은 진심을 담아 웃고는 그녀의 배를 부드럽게 쓰다듬었다.

"우리 아이의 이름은……."

문득 강윤수는 토악질하고 싶었다.

안 돼.

하지 마.

강윤수는 되뇌었다.

떠올리게 하지 마.

당신을 사랑했지만.

그 아이를 사랑했지만.

지금은 아무도 없잖아.

지금의 당신은 그때의 당신이 될 수 없으니까.

……그런데 사랑이 무엇이었더라.

"강윤수 님?"

세상이 원래대로 돌아왔다.

자신의 얼굴을 바라본 샤네트가 두 눈을 크게 뜨고 있었다.

샤네트는 정말 놀랐다. 아주 잠깐, 정말 잠깐이나마 강윤수의 무미건조한 얼굴에 표정이 스쳐 갔다.

그러나 너무 짧고 희미했다.

샤네트는 그 표정이 무엇인지 정확히 알아볼 수 없었다.

"……강윤수 님? 화나셨나요?"

"아니."

강윤수는 고개를 휘저었다.

그러나 잡념은 오래도록 가슴을 떠나지 않았다.

두 사람은 여관을 벗어나 길거리에서 식량과 생필품을 구매했다.

그러곤 대장장이 공방으로 갔다. 망치질 소리가 시끄러웠고 달궈진 열기는 눈동자를 따갑게 했다.

"무슨 일로 오셨소?"

흰 수염을 늘어뜨린 노인이 물었다. 이 공방의 주인으로 늙었음에도 탄탄한 몸을 지닌 대장장이였다.

강윤수는 라비안의 장검을 내밀었다.

"이 검에 맞는 칼집을 사려고 합니다."

새카만 장검을 내려다보던 대장장이는 눈썹을 길게 올렸다.

「라비안의 장검」

등급-희귀

공격력: 52

호문쿨루스 라비안이 직접 제조해낸 검. 호문쿨루스가 사용할 때 강력한 위력이 발휘된다. 중급 마법을 흡수해 검의 진정한 힘이 개방되었다.

*생체흡수 스킬을 사용할 수 있다.

*적을 베어 죽일 때마다 생체조직을 흡수해 공격력이 강해

진다.

*적의 전투 능력을 약화시키는 상처를 입힌다.

*연금술사를 죽이면 검의 성질이 변화할 것이다.

라비안의 장검의 성능은 훌륭했다.

칼날이 첨예할 뿐만 아니라 강철과 다른 독특한 소재로 만들어져 일반 장검보다 훨씬 가벼웠다. 다루기 쉽고 예리한 데다 적을 죽일 때마다 검의 성능이 오른다.

소유자와 함께 성장하는 스피릿 소드보다는 못했지만, 경매장에 내놓으면 탐욕스러운 눈길을 흘릴 검사가 한둘이 아닐 것이다.

"보통 물건은 아니구먼. 기다려 보게. 내 괜찮은 놈으로 하나 내어줄 테니."

노인은 검의 빛깔과 같은 흑색 검집을 가져왔다. 검집은 장검의 규격에 딱 알맞은 크기였다. 값을 지불하고 강윤수는 라비안의 장검을 허리춤에 걸었다.

"공방을 이용하고 싶습니다."

"3시간에 은화 1닢일세. 힐레단은 다른 도시에 비해 공방 비용이 조금 비싸지. 하지만 모처럼 자네가 좋은 검을 보여줬으니 동화 80닢으로 깎아주겠네. 저쪽을 이용하면 될 게야."

강윤수는 값을 지불하고 공방 내부로 들어갔다. 대장장이 클래스의 여행자나 대륙인 강화사들이 공방에서 다양한 무기를 제작하거나 수리하고 있었다.

샤네트는 근육이 다부진 여자들이 얇은 상의만 입고서 망치를 두들기는 광경을 신기하다는 눈빛으로 바라봤다. 뜻밖에도 공방에서 대장장이로 활동하는 여인들이 적지 않았다.

"사이드 줘."

샤네트는 살짝 금이 간 사이드를 내밀었다. 강윤수는 사이드를 용광로에 넣고 틀에다 녹였다. 철이 흐물흐물해지자 강윤수는 배낭에서 연녹색 주괴를 꺼냈다.

순간 모든 대장장이의 시선이 그에게 쏠렸다,

"이봐, 저거 미스릴 아니야?"

"예끼, 이놈아! 이런 촌도시에 무슨 미스릴을 들고 오는 대장장이가 있겠나. 비슷한 염료로 입힌 거겠지."

"하지만 주괴를 도색해서 무슨 부귀영화를 누리겠다고?"

두 중년이 강윤수 쪽을 바라보며 저들끼리 떠들어 댔다. 강윤수가 배낭에서 꺼낸 것은 진짜 미스릴 주괴였다. 켈린 영지 공방에서 제련해낸 미스릴 광석. 미스릴은 축복받은 금속이라 칭송받는다.

소검만 제작해도 강렬한 파괴력은 물론이고 미적 효과도 상당하다. 갑주를 만들면 웬만한 철창으로도 함부로 뚫지 못할 방어력과 내구를 지니게 된다. 때론 신성력을 쏟아내 교단의 검이나 갑주를 만드는 데 이용되기도 했다.

강윤수는 갖고 있는 2개의 미스릴 주괴 중 하나를 사이드를 녹여낸 틀에 넣었다. 반고체가 된 철에 미스릴이 섞이자 황홀한 녹색 빛이 주위에 감돌았다.

그제야 눈치를 챈 대장장이들이 흥분해 소리쳤다.

"미스릴! 진짜 미스릴이다!"

"제대로 다룰 순 있는 거야? 저게 얼마나 귀한 금속인데!"

심지어 하던 작업을 관두고 허겁지겁 강윤수 쪽으로 다가오는 자들도 있었다. 한 여성 대장장이는 샤네트에게 다가와 말했다.

"이봐요, 아가씨. 저 청년, 미스릴은 제대로 다룰 수 있나요? 명인도 함부로 만지지 못하는 것이 미스릴이에요. 차라리 나한테 무기 제작을 맡기는 게 어때요? 조금만 실수를 해도 미스릴의 우수성을 망치게 될 겁니다. 대장장이에게 그보다 보기 싫은 광경은 없어요."

"글쎄요. 아마도 그럴 일은 없을걸요?"

샤네트는 싱긋 웃으며 대답했다.

강윤수는 녹여낸 합금을 틀에 부었다. 합금이 일정한 형태를 띠자 그는 쇠망치를 들었다. 강윤수가 모루에 망치를 두드릴 때마다 대장장이들은 혹여 미스릴을 망가뜨릴까 한숨을 푹푹 쉬었다.

"너무 함부로 두드리는 것 아니야? 잘못하면 철이랑 미스릴이 균등히 섞이지 못해 무기를 망칠 거라고."

"쯧쯧. 저놈 보게. 젊은 놈이 재료 귀한 줄 모르고 덤벼들다

큰코다치겠군."

주위의 우려에도 강윤수의 손놀림은 거침이 없었다. 망치질은 규칙적으로 울렸고 실수는 전혀 없었다. 숙련된 대장장이들마저 저도 모르게 감탄할 지경이었다.

"나이도 젊은 게 손 떨림이 없구만. 보기보다 꽤 하는데?"

"저 정도 금속을 다루면 긴장이 될 법도 한데…… 굉장한 실력이군."

달궈진 합금이 점차 굳혀지며 질 좋은 무기로 변해 갔다. 강윤수의 실력은 손색없이 훌륭했고, 무기는 완성을 앞두고 있었다.

그때 갑자기 강윤수가 망치질을 그만두었다. 단단해지던 합금이 빠르게 식어 갔다. 대장장이들은 자기 일처럼 당황하며 기겁했다.

"아니, 잘하다 말고 지금 뭐하는 짓이야?"

"조금만 더 두드려! 아직은 부족하다고!"

허겁지겁 망치를 들고 와 대신 무기를 완성해 주려 하는 대장장이들까지 있었다. 강윤수는 생명억압의 반지를 낀 오른손으로 망치의 손잡이를 살짝 쓰다듬었다.

"영혼해방."

[끄아아아아아아아아악!]

생명억압의 반지에 봉인되어 있던 이민찬의 영혼. 지금 그 영혼을 강윤수가 해방한 것이다. 희끄무레한 영혼은 고통에 울부짖으며 허공을 쏘다녔다.

대장장이들은 물론이고 샤네트까지 경악했다.

"저, 저게 뭐예요?"

"타락한 영혼."

"네?"

샤네트가 믿을 수 없다는 표정을 지었다.

"그런 걸 갑자기 왜 꺼내셨죠?"

"재료로 쓰려고."

강윤수는 망치를 높이 들었다. 그러자 쇠망치에 영혼이 감겨 들어 왔다. 강윤수는 영혼을 머금은 쇠망치를 세차게 내리쳤다.

콰앙-!

쇠망치에 휘감긴 영혼이 합금으로 흡수되었다. 찬물에 담금질을 마치자 무기가 완성되었다. 으스스한 분위기를 풍기는 청백색 빛깔의 대낫이었다.

「데스 사이드」

등급-희귀

공격력: 47

타락한 영혼이 깃든 사령무기. 상대의 육신뿐만 아니라 영혼까지 고통스럽게 만든다. 솜씨 좋은 대장장이가 소량의 미스릴을 섞어 훌륭한 완성도를 지녔다.

*영혼 계열 몬스터에게 치명적인 피해를 준다.

*적의 상처가 일반적인 치료로는 잘 낫지 않는다.

*치명타를 입힌 적에게 7가지 저주 중 하나를 무작위로 내린다.

「뛰어난 손재주로 놀라운 결과물을 도출해냈습니다.
새로운 스킬, 장비제작이 생성됩니다.」

「장비제작」

스킬 레벨-Lv1(00.00%)
무기나 방어구를 제작한다.

「사령무기 데스 사이드를 완성했습니다.
훌륭한 대장장이의 업적.
장비제작 스킬 레벨이 폭발적으로 오릅니다.」

「장비제작의 스킬 레벨이 올랐습니다.
무기를 제작할 때 공격력이 오릅니다.」
「장비제작의 스킬 레벨이 올랐습니다.
제작한 방어구의 내구력이 견고해집니다.」
「장비제작의 스킬 레벨이 올랐습니다.
망치질이 좀 더 능숙해집니다. 제작한 장비품의 착용감이 향상합니다.」
「장비제작의 스킬 레벨이 올랐습니다.

장비를 제작할 때 실패율이 낮아집니다.」

「장비제작의 스킬 레벨이 올랐습니다.

하급 제작 도구를 사용해도 나쁘지 않은 결과물을 도출할 수 있습니다.」

「장비제작의 스킬 레벨이 올랐습니다.

모든 제작품의 내구력이 한 단계 상승합니다.」

「장비제작의 스킬 레벨이 올랐습니다.

대장장이 기술에 대한 이해력이 높아져 적의 장비를 수월히 파괴할 수 있습니다.」

강윤수는 장비제작 스킬을 얻자마자 7레벨을 달성했다. 보통 대장장이가 밤낮으로 일하며 최소 3~4달은 노력해야 이룰 수 있는 성과였다.

대장장이들은 경악할 수밖에 없었다.

"저게 대체 뭐야?"

"영혼을 재료로 무기를 만드는 건 이제까지 본 적도 없어!"

강윤수는 샤네트에게 데스 사이드를 건네주었다. 그녀는 얼결에 무기를 받아들고 허리춤에 맸다. 대낫의 날은 날카로웠고 무게는 전보다 훨씬 가벼웠다.

샤네트의 뺨이 발그레해졌다.

비록 다른 것이 아닌 전투 무기였으나 자신을 위해 정성스레 노력해 준 그가 고마웠다. 꽃이나 인형이 아니라 무기를 만들어준 것이 정말 강윤수답다는 생각이 들었다.

그러자 약간 웃음이 튀어나왔다.

강윤수가 이상하다는 눈초리로 바라봤다.

"뭘 웃어."

"아무것도 아니에요."

샤네트는 홀가분한 미소를 지었다.

강윤수가 말했다.

"가자."

"네."

대장장이들이 미처 신원을 물어볼 시간조차 없었다.

두 사람은 공방을 벗어났다.

샤네트가 밝게 웃었다.

"강윤수 님은 정말 굉장하신 것 같아요. 이렇게 대단한 무기도 가볍게 만드시구요."

강윤수가 갑자기 고개를 느릿하게 돌렸다. 그는 자신을 뒤따르는 샤네트를 바라봤다. 일천 번째 삶에서도 그녀와 여행할 것이다.

그러나 언제나 함께하진 못했다. 최후에 그녀는 항상 바람 앞의 촛불처럼 사그라졌으니까.

자신이 지켜주지 못했기에.

그의 눈동자에 희미한 감정이 스쳤다. 강윤수는 언제나 바라왔던 것을 되뇌었다.

'부디 이번 삶에서는 널 지켜낼 수 있기를.'

to be continued